Светославич

вражий питомец Диво времен Красного Солнца Владимира

Александр Вельтман

**Светославич, вражий питомец Диво времен
Красного Солнца Владимира**

© Bibliotech Press, 2021

ISNB: 978-1-63637-701-8

СВЕТОСЛАВИЧ, ВРАЖИЙ ПИТОМЕЦ ДИВО ВРЕМЕН КРАСНОГО СОЛНЦА ВЛАДИМИРА

ЧАСТЬ ПЕРВАЯ

I

Над Киевом черная туча. Перун-Трещица[1] носится из края в край, свищет вьюгою, хлещет молоньёй по коням. Взвиваются кони, бьют копытами в небо, пышут пылом, несутся с полночи к Теплому морю. Ломится небо, стонет земля, жалобно плачет заря-вечерница: попалась навстречу Перуну, со страха сосуд уронила с росою,— разбился сосуд, просыпался жемчуг небесный на землю.

Шумит Днепр, ломит берега, хочет быть морем. Крутится вихрь около дупла-самогуда у Княжеских палат, на холме; проснулись Киевские люди; ни ночи, ни дня на дворе; замер язык, онемела молитва. "Недоброе деется на белом свете!" — говорит душа, а сердце остыло от страха, не бьется.

Над княжеским теремом, на трубе, сел филин, прокричал вещуном; а возле трубы сипят два голоса, сыплются речи их, стучат, как крупный град о тесовую кровлю.

Слышит их Княжеский глухонемой сторож и таит про себя, как могила.

— Чу! Чу! — раздается над теремом.

— Не чую? — отзывается другой голос.

— Чу! здесь слышнее, приникни... чу! быть добру! нашего поля прибудет!..

---

[1] Бог треска, гром; простонародное старое выражение помещено в словаре Треязычном.

1

— Не чую, как ни сунусь, везде крещеное место! Лучи, как иглы, как правда людская, глаза колют; а ладные звуки закладывают уши. Построили терем! спасибо! хорош! добро бы сквозь дымволок путь, да за печкой или в печурке место простое для нашего брата! так нет: все освятили крестами враги!..

— Не хмурься, Нелегкий, найдем место! без нас кому и житье? тс! чуешь?

— Ни слова!..

— Чу, чу!.. Ну, друг, припасай повитушку, готовь колыбелку, готовь кормилку!..

— Да вымолви, что деется в Княжеском тереме?

— Скоро наступит раздолье! выживем крест с родного холма! Князь с Княгинею спор ведут: как звать, величать будущего сына. Княгиня говорит Скиольдом, именем Свенским-крещеным — да не разорить ей нас! Князь хочет звать Туром... Чу, подняла плач и вопль, взбурилась!.. взбурился и Князь! — чу, клянет он ребенка! "Провались, утроба твоя!" — говорит... Ступай, ступай, Нелегкий, несись за баушкой-повитушкой!..

Крикнул снова филин в трубе Княжеского терема, застонал, обвел огненными очами по мраку, хлопнул крылом; завыл сторожевой пес, вздрогнул глухонемой привратник, молния перерезала небо, Перун-Трещица круто заворотил коней, прокатился с конца в конец; припали Киевские люди, творят молитву.

— Недоброе деется на белом свете! — проговорила душа, а сердце замерло.

Зашипело снова над Княжеским теремом, застукали темные речи, как град о тесовую кровлю.

— Здорово! совсем ли?

— Ступай принимать! все что в утробе, все наше!..

— Ну, добрая доля! как же проникнуть мне в Княжеский терем?

— Вот скважина возле трубы, да щель, да гнилой сердцевиною вдоль перекладины, прямо накатом, по стенке, да в угол...

2

— Да кто тут пролезет!.. словно уж в тереме нет ни окна, ни дверей...

— Много, да святы: крест на кресте!.. Ступай же, ступай, повитушка, покуда певень не повестил полночи... Эх растолстела! скоро тебя и простыми глазами рассмотришь!..

— Ну, так и быть... э! завязла!..

— Свернись похитрее да вытянись в нитку, а я с конца закручу да словно в ушко и продену сквозь терем.

— Шею свернул, окаянный!..

Филин на трубе взмахнул крылом, крикнул недобрым вещуном; вспыхнуло, грянуло в небе; прокатился грохот между берегами Днепровскими, встрепетнулась земля, взвизгнули сторожевые псы, вздрогнули Киевские люди.

В ложнице Киевского Великого Князя темно; светоч тускло теплится перед капищем-складнем, только изредка свет молнии отсвечивается на оружии, развешанном по стенам: на серебряных луках Команских, на спадах и мечах Асских и Косожких, на сулицах Бошнякских и на 80 золотых ключах Болгарских. Вместо пухового ложа широкая дубовая лавка с крутым заголовком, на лавке разостлана оленья шкура; не мягко, но добросанный, дерзый Князь Светослав опочивает крепким сном.

Прошедшее и будущее сливаются в его сновидении: видит он Хазар, распространяющих власть свою от Русского моря до Оки; они вытеснили Болгар от реки Белой, завладели богатою столицею их Вар-Хазаном. А Вятичи, соседи их, как разбитая ветром туча, носятся, оглашают воздух словами: "Не хотим платить Жидам по шлягу с рала!.. стань за нас, Светослав, силой своей!.." Идет Светослав с полками Киевлян, Кривичей и Древлян к Римову, приступает к Сары-Кале; раскидывает по камню великую вежу; гонит Хазар лозою; несутся Хазары, как черные враны в степи; а Светослав близится к дому, принимает дары от Тора, станицы Бошнякской; Хазарские Жиды близ Волги встречают его золотом, Аланды, соседи их, также; от Волги возвращается Светослав чрез земли Азов и Азак Таурменов, живущих по берегам Торажского озера, до устья

3

Дона. На обратном пути принимает новые дары от кочующих Куман...

Стелется путь Светослава Игоревича славой и золотом, да ему этого мало: на полудни все небо оковано златом, осыпано светлым каменьем...

И вот легкие крылья сна переносят его за Дунай; быстро приближается он к высоким берегам, сливающимся с небом; болонье покрыто шелковым ковром, солнце горячо, а волны и рощи дышат прохладой, светлые струи алмазного потока льются с гор, а жажда лобызает их, а утомленные члены тонут в волнах. Вдали ропщет свирель, эхо делит ее печаль... а Светославу все слышатся гулкие трубы — зовут его к бою. Вот, в глубине лесистого Имо, великий Преслав[2] , стольный град Краля Болгарского, светит златыми кровлями, покоится в недрах гор.

На холме белеют и горят солнцем палаты Бориса... а Борис горд, сидит на златокованом столе, держит державу да клюку властную, не хочет знать Светослава.

Светослав торопится перед полками своими; грозит обнаженным мечом Борису, приближается... вдруг горы сомкнулись, Преслав исчез... В отдалении, на холме, вежи Тырновские, окруженные садами; а за ними темный лес, посвященный Морану и Трясу, тому Трясу, который является людям, окутанный в тени лесные... около него вьются, перелетая с дерева на дерево, тоскующие души несожженных покойников... А хитрые Греки стоят на горах да грозят издали Киевскому Князю. Взбурился Светослав на Греков, заступников Хазарских. Видит он, как Феофил тайно шлет своего Спатаря укреплять границы против Руси. Спатарь строит новую великую крепость и стену пограничную. Ковы строят Греки! мыслит Князь, и кипит мщением, несется на трехстах ладьях к Царьграду, полосует море... и вдруг... море не море — степь необозримая, вместо волн ковыль колышется, вместо ветров свистят со всех сторон стрелы, вместо тьмы ночной — тьмы

---

[2] Переяславль Болгарский Мегалополь (великий город), Марцианополь (град Марцианы, сестры Трояна)

Бошняков... Скрылся свет от взоров, кровавое солнце утонуло в туманах небосклона... тишина могильная... замерло сердце Светослава... дыхание стеснилось...

Вылетел из груди его глубокий вздох, тьма отдаления вспыхнула, зарумянилась, свет снова стелется по небу, высокий Имо тянется уступами в обитель миров. За Имом Фракия; уступами склоняются горы к Белому морю, рассыпаются по нем островами...

В отдалении, в лиловом тумане, видит он Игоря и Олега и щит Русский на вратах Царьграда. Затрепетало сердце его...

— Свенельд! — восклицает вдруг Светослав, очнувшись от сна.

Свенельд, пробужденный внезапным, громким голосом Князя, вскакивает с ложа, вбегает в ложницу Светослава.

— Я иду за Дунай! — готовь сильную рать мою, Свенельд!.. Все, что платит Киеву дань, со мною!.. — произносит Светослав и забывается снова.

— То бред сонный! — говорит про себя Свенельд, выходя из ложницы.

В одрине Княгини Инегильды горят светильники пред Божницею, золотые лаки пылают разноцветными огнями, огромные жемчужины отбрасывают от себя радужные цвета. Сквозь слюдовые окны видна на дороге грозная ночь. Стены в покое обиты рытым изарбатом; резной потолок украшен узорами из жемчужных раковин; стол покрыт паволочитым шитым покровом с золотой бахромою, лавки также; на поставце стоит золотая и серебряная утварь, и город Торнео, кованный из злата, родина Инегильды.

На резной кровати с витыми столбами и шелковою кровлею тонет в пуху Инегильда; багрецовое одеяло вздымается на груди ее, ночная повязка скатилась с чела, русые волосы рассыпались по изголовью, ланиты разгорелись, над закрытыми очами брови изогнулись, как темные ночные радуги. Тяжело дыханье Княгини, тяжки вздохи.

Вдруг вскрикнула она благим матом, очнулась, приподнялась, приложила руку к сердцу, водит взоры вокруг себя, вся дрожит.

5

— Девушки!.. кто тут!

Две спальные девушки спросонков бегут из другого покоя.

— Девушки!..— продолжает Княгиня.— Кто тут?.. Ох, страшно!.. кто тронул меня?..

— Нет никого, Государыня Княгиня! — отвечают девушки, трепеща от страха: сквозь хрустальное красное окно видно, как молния палит небо.

— Ох, что-то недоброе содеялось у меня под сердцем... хочет выскочить... сердце!.. взныли все кости!.. чу! что загудело в трубе?.. где плачет ребенок?..

— То ветер взвыл, Государыня!

— Ох, нет, не ветер!.. то воет пес, то стонет птица ночная!.. болит под сердцем!..

И вдруг Княгиня залилась слезами, зарыдала, и вдруг умолкла, упала без памяти в подушки.

Стоят над нею девушки, бледнеют от страха.

Пышет вдали молния, гремит Перун-Трещица; слышит глухонемой сторож Княжеского двора: опять стучат чьи-то темные речи, как град о тесовую кровлю.

— Эх, бабушка, мешкает! того и гляди, что певень зальется!..

— Нелегкой! — раздался вдруг голос повитушки из внутренних хором.

— Приняла, да не знаю, как выйти: ребенку пять лун, его не вытянешь в нитку, не проденешь в ушко. Слетай-ко за словом. Пришлось обратить в невидимку; да скоро! певень проснулся, крылья расправил!..

— Зараз!.. Утихло.

Филин хлопнул крылом, вспорхнул, полетел; певень полунощник хлопнул крылом, залился. Приняли его голос и все петухи, поют.

II

Когда природа была моложе, одежда ее блестящее, румянец свежее, дыхание благовоннее, когда воспевали ее певцы крылатые, летающие непорочные души первых населенцев мира, когда человек жадно, внимательно слушал ее плавные речи, — когда жизнь человека была не ношею, не оковами, не темницею духа, но чувством самозабвения, блаженной любовью, невинною, ненаглядною девой, на которую очи смотрели не насмотрелись, от которой сердце не опадало, не щемилось, не тоскнилось, не обдавало души страхом, а билось так радостно, что мысли исчезали, душа, как голубь, вспархивала, носилась, вилась, парила и возвращалась в свою голубницу, чтоб ворковать о ясных днях, о светлых надеждах...

В это-то время ржа переела оковы Нечистой силы, заключенной при создании мира в недрах земли, и духи злобы, почувствовав волю мышц, встрепетнулись, прорвали 77 000 слоев земли, хлынули на Белый свет посреди цветущей Атлантиды, понеслись селить вражду между стихиями и людьми.

Долго колебалась земля, долго волновался океан; а Атлантида, разраженная взрывом, рассыпалась по водам прахом, исчезла.

Нечистая сила селилась на земле; первоначально избрала она своей столицею землю Халдейскую близ Красного моря, где жило племя Рыжих; их научила она войне, хитрости и обману, научила мороку и порче, научила страху и надежде, построила ограду и Вежу великую, заставила поклоняться скрытому. Но скоро заповеди изгнали ее оттуда с толпами народа колдунов, волшебников и чародеев в мрачные болота севера. "И отошла она, — как говорит предание, — в великие леса и в водные и в потные дубровы и раменные места, на черные и мягкие земли". Долго царила она там, но крест и там преследовал ее и заставил искать недоброго места в глубине лесов и в ширине степей Руси.

Обратилась Она в сорок, поднялась черною стаей, скрыла от людей свет солнечный, тучею опустилась на берега Днепровские, против того места, где была в святых горах kuffe Saka Herra.

Покуда строился стан ее Саббат[3] , новый Кааба[4] , названный Константином Багрянородным Самват, стояла она долгое время на Лысой горе табором и считала свои доходы. Каждый Нелегкий, отпущенный на соблазн, должен был приносить в известное время положенный оброк, определенное число черных душ. Сборщик податей принимал их как кипы ассигнаций, считал их на левой ладони указательным пальцем правой руки, внимательно перевертывал, осязал, просматривал на свет: нет ли фальшивой, и принимал в половину цены против ходячей монеты на белом свете.

Вскоре Нечистая сила заняла лучший холм, bor-bairg, или Tor-berg: гору Торову, осененную дубовую рощею; поселилась над самым Днепром в трущобе леса, в ущелье берега, который впоследствии прозвался чертово бережище.

Близ погребища господ Скифских, засыпанного временем, было приволье Нечистой силы; завелся стольный град нелегких, упырей, ведьм и русалок.

Прибрав к рукам почти весь Днепр, они раскидывали окаянные сети свои во все стороны: на полночь до моря Мразного, на восток до гор, "Им же высота аки до небеси, идеже суть заклепани Александром Македонским Царем, сквернии языци", на юг до Теплого моря, на запад до моря Венедицкого и далее. Ловили сетями людей и учили их "безстудно всякое деяние деяти".

Тут столько расплодилось Нелегких, что не было прохожего, которому бы враг ноги не подставил.

На этом-то холме люди в безумии своем поставили кумира: "Его обличив высоко, образ страшен, голова из чистого

---

[3] Шабаш — суббота — недельный праздник древних.

[4] Древнейший храм Мекки в виде четвероугольной башни; там хранится до сего времени камень, на котором, по преданию, сиживал Авраам. Сей храм до Магомета заключал в себе триста ликов божьих. В сем храме произведения лучших поэтов Аравии, написанные золотыми буквами, висели в честь бога, внушавшего оные. Сии стихи называются Муалла-каты. — Слово сие значит висящий.

золота, руки, мышцы и перси из серебра, чрево и стегна медные, голени железные, ноги и подножие мраморные".

Этот кумир одними назывался Бел-бог, иными Перун, другими Тор или Чор, и стоял он в кумирне под небом, или Ваал-даком.

Таким образом, наставляя людей злу и неправде, Нечистая сила жила на бережище припеваючи и воображая, что "нет конца ее силе, аки миру". Но отторгся камень от горы, без рук, ударил в кумира, и стер скудель, железо, медь, злато и серебро в прах, а ветр развеял его.

Пришел учитель Святого слова поведать истину Русским людям. Русские люди не верили словам, хотели чудес.

— Изгони,— говорили,— Белобожича с его высокого холма!

— Изгоню,— отвечал он и с крестом в руках поднялся на высокий холм, водрузил на нем крест.

Зарычала Нечистая сила, угомонилась, и полк ее отступил с священного холма, выше по Днепру, на крутой берег, в рощу, лежащую близ Княжеского заветного луга и Княжеских лесов; а чтоб Омуту и ведьмам иметь свободу ходить по Днепру, то Нечистая сила, отклоняя реку от холма, прососала новое русло, которое люди и назвали Черторыреею.

На холме же Княгиня Ольга поставила свой златоверхий терем, который высился гордо и смотрел на Киев и окрестности. Кровля терема была медная, золоченая, все окны до одного были красные, стены лаженные снаружи разноцветною черепицею. С левого круглого выходца виден был Днепр, скрывающийся в густом лесу; от реки Почайны луговая оболонь; близ самого Днепра, на речке на Глубочице, стоял храм, строенный Ольгою в честь Св. Ильи громовержца божия, которого язычники называли Хрестьянским Перуном. Прямо, за Днепром остров, составленный Черто-рыею и покрытый лесом; за Черторыею озеро Золоча, а за ним светились рассыпные пески Лысой горы.

С правого выходца видно было в отдалении, как Днепр прятался за Витичев холм, на котором стоял храм Св. Вита, построенный гостями веры Папежской; за холмом оконечность села Займища. Перед Витичевым холмом, немного левее оного, чернелась могила того Дроттара-Скиольда, который от Новгородского Князя был Слом у Греческого Царя Михаила и потом рядил на Киевском столе у Полян и Руссов.

Между Витичевым холмом и Скиольдовой могилой чернелся густой лес; а на скате крутого берега ущелье, а в ущелье трущоба, а в трущобе место темное, клятое, про которое страшно было и говорить.

Вправо, близ березовой рощи, над холмом Скиольдовым, было село Берестовец, а правее оного за окопом пространные Княжеские луга.

Перед заветными лугами, по скату лощинки, впадающей в ручей Лыбедь, видно было длинное село Щулявщина, Добрынино, с двором Боярским и теремом, где жила Мила; правее, в расстоянии одного поприща, тянуло село Княжеское Перевесище; а за ним, в садах, Варяжская Божница Германеч и холм, прозванный Дировым, ибо на сем месте стоял некогда Тор в виде Дира или быка, покровителя стад; далее, за становищем и Дорожищем, лежащими на левом берегу Лыбеди, чернелся лесистый правый ее берег.

С левого выходца, бросив снова взоры на луговую оболонь и на извивающуюся по ней речку Глубочицу, любопытство останавливалось на густой Яворовой роще, в недрах которой чернелось здание и воздымалась Высокая; тут, говорили люди, был последний приют Волоса. За рощею светилось озеро и струи реки Почайны. Левее озера выказывался холмистый крутой берег, оканчивающийся урочищем Скавикой, на котором видна была белокаменная Олегова могила.

Далее взоры терялись в лесах, в извилинах Днепра, в синеве отдаления, как память в глубине прошедшего, как луч света во мраке, как звук в пустыне, как ум в соображениях.

Красен был Киев; а кто не был в Киеве, тому не поможет раскаяние, говорили праотцы. Киев преддверие рая, говорили они, там светел Днепр, таинственны, святы берега его, высоки, зелены холмы, чист воздух... Но что было там прежде!.. что было там!.. о! идите поклониться Киеву, потомки Скифов! нет древнее его святыни, нет святее его древности! нетленна тайна, но тленен покров ее. Идите, потомки Скифов, поклонитесь Киеву, там найдете вы современников Дария, Митридата и Аттилы!

Тосковала Нечистая сила о приютном холме, злоба взяла Нечистую силу. Чего ни придумала она, чтоб выжить с места крест и овладеть своим древним станом. Ничто не помогло. Не имея права принимать на себя человеческого образа, Нечистая сила стала в пень. Но один хитрый думец тьмуглавого змия придумал воспользоваться не только проклятыми людьми, но и проклятыми детьми в материнской утробе.

— Воспоим людское детище сами, кровью людской,— говорил он,— воскормим в своем законе; возрастет, будет неизменным пророком лжи и неправды, восстановителем старых уставов Белбоговых, поклонником тления... Его сделаем мы земным владыкою.

— Кикимора![5] — вскричала вся Нечистая сила радостно.— Кикимора! — повторилось в ущельях гор и в трущобе лесов; взвились пески на Лысой горе, вздулся Днепр, заклокотали ведьмы, перекувырнулись упыри.

И положено было в Сейме на Лысой горе сделать первый опыт воспитания людского детища на иждивении силы Нечистой... И в лето 6375 первая попытка была над сыном Суждальского Князя Рюрика Африкановича, который был, как говорит летопись, от рода Августа Кесаря Римского. Но и у Нечистой силы первый блин стал комом.

Второй выбор пал, как мы уже видели в первой главе, на Светославово детище, проклятое отцом в материнской утробе.

III

Дело шло на лад; Нечистая сила пировала на счет будущих благ. Ведьмы на Лысой горе хороводы водили, звонко

---

5 Есть то же, что Cochemar; но, по поверью Русскому, младенец, проклятый в утробе,— утроба проваливается, младенец исчезает и воспитывается Нечистою силой на зло людям.

распевали: у-у! у-у! Киевские люди со страхом прислушивались, а Светослав, возвратившийся почти поневоле из Булгарии в Киев, по вызову Ольги, да непраздной своей Княгини Инегильды, да Бояр и старейших мужей для защиты Великого Княжеского города от нахлынувших Бошняков, скоро соскучился в Днепровской столице, особенно после ссоры с своею Княгинею за имя будущего сына. Его стало все сердить на Руси. Инегильда заболела; призвали повитушку; старуха взглянула на Княгиню, приложила руку под сердце...

— Кое уже время, Государыня, ты непраздна?

— За половину,— отвечала Княгиня.

— Словно нет ничего! — прошептала старуха.— Ох, недобро! провалилось чрево твое! убило злое слово младенца!..

Нахмурился Князь, когда дошла до него эта весть, проклятие детища легло у него на душе.

— Не любо мне в Киеве! не пригрею места себе! — сказал он своей матери Княгине.— Хочу за Дунай! там стол Великокняжеский, благая среда земли моей. Посажу Ярополка в Киеве, Олега в Деревскую землю, и пойду туда!..

Больная Ольга умолила сына своего пробыть в Киеве хоть до ее смерти; но скоро настал конец Ольги, и ничто не могло уже остановить желания Светославова. Похоронив мать свою, назначив уделы сыновьям, он сел в красную ладью; Великокняжеское паволочитое ветрило распахнулось, крутой рог загремел, вёсельщики грянули в лад, вспенили волны, запели ратную песню, ладья отвалила, а Светослав, стоя на корме, прощался поклонами с женой и детьми, с Боярами и народом. Все вопило, рыдало над Днепром, как будто над могилой Светослава.

Кто не знает из вас, читатели, Нестора, того маститого старца, что стоит в храме Русской Истории на гранитном подножии, как древний кумир, которого глаголам веруют народы, пред которым историки, как жрецы, ходят с кадилом, а романисты черпают из 300-ведерной жертвенной чаши события прошедших веков и разводят каждое слово водяными вымыслами?

Из слов этого-то Нестора известно каждому, что когда

Новгородцы пришли просить у Светослава Князя себе, то Добрыня, дядя Владимира, сказал им: "Просите Володимера, Володимер взором красен, незлобив нравом, крива ненавидит, любит правду, клюки ж в нем нет". И Новгородцы рекли Светославу: "Дай нам Володимера!" И Светослав, стоя на корме, прощался поклонами и с женой и рынею и Сломи Новгородскими в Новгород.

Здесь, кстати, поведаю я стародавнюю вещь, правду истинную:

На восток от Танаиса, в Азии, был Азаланд, или Азахейм; столица сей земли называлась Асгард, т. е. град Азов, богов; правитель сей земли был Один, муж великий и мудрый. Это было в первом столетии до Р. Х. Предвидя приближение грозы от Рима и падение своей власти на берегах Черного моря, он удалился с большею частью народа своего к северу.

Пройдя Гардарикию, или Ризенландию и Сакаландию, он пришел в Фионию, принадлежавшую Свейскому Конунгу.

Не желая заводить раздора на новоселье, Один послал послов в Гильфу, Свейскому Королю, просить, по древнему обычаю, земли и воды. Гильф, зная уже по слухам победоносного Одина, дал ему часть болотистых пустынь Фионии. Один обвел часть сию плугом и назвал Плогс-Ландией, т. е. пахотной землей. Сверх сего Гильф дал для поселения Азских людей весь Бримир до гор Уральских, т. е. граничных гор. Таким образом, пришедшие с Одином Азы и Торки населили Бримир, или Биармию, а Ваны, или Финны, заняли Плогс-Ландию. Ваны построили на реке, соединяющей два больших озера, Волхов, т. е. двор божий, где и был главный их храм; озеро прозвали они maose, т. е. вода, болото.

Между тем давние зашельцы на север, родовитые Русины, — коих Готты, соседи Поморские, величали Ругянами, — стесненные на берегах Урманского моря новыми пришельцами, были терпеливы, покуда языческая вера их была сходна с древней религией соседей; но когда Готты, приняв в третьем столетии на юге Христианскую религию, перенесли ее и на север, в четвертом столетии стали смеяться над коваными и рублеными богами, а в пятом гнать кованых и

13

рубленых богов и поклонников их, тогда Славяне, Русины Поморские, озлобились, и все, что только могло носить оружие, поднялось по слову, двинулось на новоселье, под предводительством Княжа Вавула. По древнему обычаю, послали они послов к Финнам и требовали земли и воды; но Финны отказались от сего одолжения, надеясь на помощь Свеев; тогда Славяне нахлынули на их землю, покорили Плоксгоф и Валхов и населили земли от Двины до Волги. Станом своим избрали они озеро Маозе, прозвали его Лиманом, т. е. озером, возобновили город Валхов, прозвали Новоселье Новым градом, стали жить, поживать и славиться.

После сих событий прошло пять столетий, когда Владимир подъехал к Новугороду. Все люди Новогородские, из днешнего и окольного города, высыпали навстречу; а посадники, люди жилые, и старейшие, и старосты конечные встретили его у ворот городских-торжинских, поклонились до земли, пожелали вековечного здравия и поднесли на золотом блюде каравай и соль, а на серебряных блюдах обетных зверей и птиц, выпеченных из пряного теста.

На реке ожидала уже Владимира Княжеская ладья красная, золоченая, с небом паволочитым и стягом Новогородским, на котором с одной стороны был изображен Пард и две звезды, с другой — лик Святого Витязя с тремя стрелами в одной руке и с рогом в другой.

При громах славы, песни хвалебной Владимир спустился в ладью; сорок вёсельников в лад закинули веслы, пригнулись вперед, могучими руками вспенили Волхов, и ладья, как стрела, спущенная из лука, перенеслась с Торжин-ского полу на он пол. От пристани до хороми бога света путь был устлан красным сукном; народ кипел по обе стороны.

Слуги хоромные подвели Князю Белого божьего коня и повели под узды к храму, огражденному святым рощеньем и дубовым тыном. За храмом был темный луг, и ветер шумел по вершинам столетних священных дубов; над преддверием возвышалась круглая башня, на вершине которой звонарь ударял в било.

У входа встретил Владимира Вещий старый[6] владыко и Божерок, в гловуке высоком, красном, повитом белою пеленою до земли, с жезлом змийным в руке, полы сорочицы, покладенной жемчугом, несли отроки юные; жрецы и слуги хоромные вышли со свещами и темьяном.

Спевальщики хоромные затянули громогласно:

Иди, Княже Светославич, в домов бога,
В домов бога великого, в хором бога света!

У того венец золотный, слава мира,
Слава мира, речи грозы, грозы-громоносцы!

Помолися, Светославич, божью лику,
Лику солнца, лику свету, всесветному оку!

Упестрит Княжую ризу полем звездным,
Полем звездным, узорочьем, — опояшет властью!

Ухитрит Княжую душу на ум-разум,
На ум-разум и на слово, слово мед изустный!

Он усилует советом, беспечальем,
Беспечальем, дружелюбьем, благой благодатью!

Раздерет покровы вражьи черным горем
И нашлет на них туман, туман и омрак!

Мир ти, боже, мир ти, Княже, мир ти, друже!
Слава вящшим, слава людем, людем Новгородским!

"А со мною любовь возьми вовеки!" — раздалось из внутренности храма, и все утихло.

---

[6] Жрец, прорицатель Храмовый, дающий советы; отсюда идея мудрый.

"И красное и сладкое пребудет жизнию твоею, и будет слово мое цельба тебе!" — раздалось еще громогласнее.

После привета Князю и поклона Вещий владыко принял дары Владимировы и внес во храм. Мужи Княжеские передали слугам хоромным златую великую лохань, пещренную хитрым делом и каменьями, ларец с драгоценными манатьями и ризами, два блюда с златницами Греческими.

Храм Волоса не представлял ничего роскошного снаружи: это было огромное четвероугольное здание, построенное из столетних дубов, почерневших от времени и обросших мохом; крутая крыша походила на темный луг; вокруг здания были двойные сени с навесами, верхние и нижние.

Под самой кровлей были волоковые продолговатые окны, сквозь которые, с верхних сеней, дозволялось женщинам смотреть на совершение обрядов во внутренности храма; ибо женщины не имели права входить в оный.

За храмом был пруд, осененный высокими липами, а за прудом палаты Владыки с горницами и выходцами и избы жрецов и слуг хоромных.

Не красуясь наружностью, храм Новгородский славился богатством от взносов и от доходов волостных.

Никто не помнил, когда его построили. Носилось поверье, что это тот же самый храм, который построен Финнами и про который колдунья Финская пророчила, что это "последний храм болвана и другого уже не будет — и сгинет вера в болванство, когда кровля Божницы обратится в тучное пастбище, а с восточной стороны выпадет бревно".

Долго не верили Новгородцы этой молве, но, когда уже пришел храм в ветхость и покрылся мохом, поверье более и более распространялось, страшило народ. Однажды, во время праздника Веснянок, вдруг задняя стена крякнула, и решили на Вече строить новый храм. Начали строить, поставили кровлю; но в одну ночь поднялась гроза, громовая стрела ударила в строение, спалила его. Пророчеству Финской колдуньи поверили вполне. Вещий владыко требовал от Веча начать снова работу, но увечанья не положили, по случаю начавшихся раздоров с Полоцким Конунгом Рогвольдом, принудивших Новгородцев просить себе Князя и помощи у Светослава.

Когда Владимир вступил в Божницу, глаза его были омрачены лучами светочей. Под сквозным литым медяным капищем, на высоком стояле, под небом, осыпанным светлыми камнями, обведенным золотой бахромчатой полой с тяжкими кистями, воздымался на златом столе древний боже Волос. Лик его из слоновой кости почернел с незапамятного времени; на голове его был золотой венец, вокруг головы звезды; в одной руке жезл, в другой стрелы; покров из цветной ткани лежал на плечах и, опадая вниз бесчисленными складками, расстилался по подножию. По правую сторону капища стоял стяг Владычен, а перед хитрыми узорчатыми вратами капища стоял Обетный жертвенник; подле, на малом стояле, жертвенная чаша; влево был стол Княжеский с кровлею, вправо стол Вещего владыки. Подле стен, с обеих сторон, на высоких стоялах два небольших божича, оставшихся после Финнов в храме; один из них был золотой, и говорили, что это золотая баба, матерь стоявшего напротив божича Чура, которого люди называли Врагом. У задней стены стоял поставец с посудой жрической: боковые стены были увешаны дарами, золотыми и серебряными кольцами, ожерельями и изображениями различных членов тела, которые, по обещанию, жертвовались во время болезней: болит рука, приносят в жертву серебряное подобие руки; болит нога, подобие ноги.

Едва Владимир занял свое место, раздался звук трещал и колокола, потом шумный хор — однозвучное, мрачное, протяжное пение, Вещий подошел к жертвеннику, взял рог от подножия Волоса и влил часть вина в чашу. Между тем принесли на одном блюде жрический нож, на другом, под белым покрывалом, агнца; печальное блеяние его раздавалось по храму и сливалось с звуками мрачного пения; агнца положили на камень жертвенный; Вещий взял нож, произнес какие-то слова, и кровь из бедного агнца полилась в чашу, в чаше вскипело, поднялся густой пар.

"Благо, благо тебе!" — запел хор.

Владимир отвратил взоры от обета, обвел ими по высоте

храма, и очи его, как прикованные, остановились на одном женском лице, которое выдалось в волоковое окно в вершине храма. Владимир забыл, где он, не обращал внимания на обряд; но стоявший подле него Добрыня благоговейно смотрел, как Жрец поверял каждую часть внутренности агнца и клал на жаровню жертвенника окровавленными руками.

Когда все части разложены были на решетку жертвенника, Вещий взял снова рог, полил жертву, и она обдалась вспыхнувшим синим пламенем.

"Благо, благо тебе! суд и правда наша!" — загремел хор; затрещали трещотки, на Вече ударил колокол, вокруг храма загрохотал голос народа, храм потрясся до основания... вдруг с восточной стороны храма раздался треск, подобный разрыву векового дерева от громового удара.

Все смолкло; онемели возглашающие уста, обмерли члены, издающие звуки, только протяжный гул вечевого колокола дрожал еще в воздухе.

— Горе, увы нам! — произнес беловласый Божерок и трепетно принял трости волхования, раскинул их по ковру, смотрел на них и произносил: — Обновится светило, светом пожрет древо, растопит злато, расточит прахом камение...— Княже, кляняся Светом хранить закон его, быть оградою, щитом, мечом и помочьем его, пагубой другой веры! — произнес он, почерпнув златым ковшом из чаши жертвенной и понося Владимиру.

— Не я щит ему! Он мне щит! — отвечал Владимир.

— Вкуси от жертвы, испей от пития его и помятуй: "оже ел от брашны его и пил питие господина твоего".

Владимир прикоснулся устами к ковшу, Добрыня испил, вящшие мужи пили ковшами, а народ, взбросив руки на воздух, ловил капли, летевшие с кропила, и, обрызганный кровью, собирал ее устами.

Между тем юный Князь снова поднял очи на волоковое окно. Новогородские девы вообще славились красотою; но эта дева — в повязке, шитой жемчугом по золотой ткани, в поднизи низанной, под которою светлые очи как будто думали любовную думу,— эта дева была лучше всех земных радостей.

18

Владимир едва заметил, как подали ему Княжеский костыль и Княжескую Новгородскую шапку; с трудом отвел он взоры от лика девы, когда с громогласным хором подводили его под руки к лику Света; он поклонился в пояс и пошел со вздохом из храма на Вече к людям Новгородским.

Обходя храм, он искал чего-то в толпах женщин, которыми были покрыты верхние сени; но видел только старух и отживших весну свою. Их лица были похожи на машкару, на болванов, обложенных золотою парчою, жемчугом, бисером и дорогими разноцветными каменьями; это были вороны-вещуньи, сороки-трещотки, ворожеи да свахи; они заслонили тучными телесами своими и распашными кофтами жертв своего гаданья и сватанья, у которых на устах были соты, на щеках заря, в очах светили небесные — источники любви.

— О, то Княже! — говорили старые вещуньи.

— Доброликой, добросанный, смерен сердцем...

— О, то вуй його Добрыня чреватый, ус словно кота серого, заморского, чуп длинный... ээ! оть... сюда уставился молодой Княж... кланяйтесь, бабы!

— Милостивая! не опора тебе далась! молода еще в передку быти! проживи с маткино!

— Ой, Лугошна, красен Княж!.. то бы ему невесту!.. а у стараго Посадника Зубця Семьюновиця дщерь девка-отроковиця вельми добра; изволил бы взять Княгинею: любочестива, румяна, радостива, боголюбица!

Звук вечевого колокола заглушил речи людские; Князь приблизился к Вечу.

Вече было за храмом Волосовым, на том самом холме, где некогда был Немд, учрежденный Одином. Посредине огромный камень, на котором восседал Конг, кругом камни меньший, которые занимались Диарами, Дроттарами и Блотадами. Сюда сбирались и Новгородцы сдумать и увечать; средний камень прозвали они столом посадничим. Подле холма, осененного высокими деревами, была вечевая звонница, на которой висел огромный колокол.

Для Князя посадничий стол устилали ковром, клалась на

него красная подушка с золотыми кистями; а над сиденьем стояло небо.

Когда Владимир, поклонясь на все четыре стороны, занял место, а кругом его сели Добрыня и старые Посадники Новгородские,— мужи Владимировы принесли подносы с дарами; Добрыня встал и раздал Новгородским людям от имени Князя злато, дары иные многие и милость его.

"Кланяем ти ся, Княже!" — закричал народ; "Кланяем ти ся, Княже, землею и водою Новгородскою! и меч приимь на защиту нашу!" — произнесли Выборные Старосты Новгородские, поднося Владимиру на латках серебряных землю, и воду, и меч Княжеский Великий.

"Изволением властного Бога-Света, Владыко, и Посадники Новгородскыи, и Тысящники, и все Старейший, и Думцы Веча Господину Князю Володимиру от всего Новагорода. На сем, Княже, целуй печать властного бога, на сем целовали и прежний, а Новгород держати по старине, како то пошло от дед и отец наших; а мы ти ся, Господине Княже, кланяем".

Владимир встал с места, поклонился на все стороны, поцеловал поднесенную к нему на блюде печать златую на цепи, надел ее на себя, принял меч, опоясал его.

Голос народа загремел.

Подвели Владимиру могучего коня, покрытого золотым ковром; седло, как пристолец Княжеский, горело светлыми камнями; другого коня подвели дяде его Добрыне.

Стяг Новогородский двинулся; за ним шел Князь с вящшими своими мужами, потом Дума Новогородская, Посадники, Тысяцкие, Воеводы, Конечные Старосты, Головы полковые, Гридни и Полчаны Княжие, Рынды, Сотня гостиная, купцы и люди жилые Новгородские...

Народ потянулся вслед за поездом в двор Княжеский.

Гул вечевого колокола расстилался как туман по озеру и окрестностям.

— О! той хитрый, близок! — говорил народ на другой день, сидя за браными столами на дворе Княжеском. Добрыня потчевал его от имени Князя и хлебом, и хмелем, и золотом.

— Ой, щедрый, лихо из чужой бочки вино точить... купайся! а в своем меду, чай, окунуться не даст!

— Уж бы звали, так, а то кто его звал!

— То так! Дай улита рожка, а она оба два! да Новугороду не две головы.

— Эх, молодцы! великой звезде не без хобота.

— Звезда с хоботом недоброе знаменье! нам подавай солнце красное!

— Что ж, братцы, Володимер Солнце Красное! смотри, смотри — вот он.

— И то! кликнем: Государь Князь Володимер Красное Солнышко!

— Величай!

И все повторили:

— Здравствуй, Государь Князь Володимер Красное Солнышко!

IV

Между тем как в Новгороде шли дела людские добром, на берегах Днепровских творились чудеса.

На берегу Днепровском, близ Киева, по соседству с Чертовым бережищем, жил дядя Мокош.

Есть же на белом свете люди, которые ни сами ни во что не мешаются, ни судьба не мешается в их дела. Ни добрые, ни злые духи не трогают их, как существ ненужных ни раю, ни аду. Эти люди никому не опасны, никого не сердят, никого не веселят, никого не боятся, ни на кого не жалуются; им везде хорошо; есть они, нет их — все равно.

Из таких-то людей был Мокош, сторож заветных Княжеских лугов и лесничий.

С молодых лет жил он в хижине близ Чертова бережища, не заботясь о соседстве Нечистой силы. Зато весь народ Киевский думал, что сам он водится с нею. Когда, раз в год, приходил Мокош в Княжескую житницу за мукою на хлебы, его допрашивали: "Что деется на Чертовой усадьбе?" — "Не ведаю",— отвечал он. "Что деет Нечистая сила?" — "Живет себе смирно".

Ни слова более нельзя было добиться от Мокоша.

Про него можно было сказать: лесом шел, а дров не видал.

Жил Мокош уединенно с своим задушевным псом Мурым. Вместе с ним, каждый день, рано поутру, обходил он луга и лес. От нечего делать на лугах полол крапиву, в лесу собирал валежник. И должно было отдать ему справедливость, что луга были как бархатные, а лес чистехонек; только в одном месте, на скате холма, во впадине горы, под навесистыми липами, с давнего времени заметил он, что кто-то мешается не в свое дело и содержит это место в отличном порядке и чистоте.

Долго подозревал он, что кто-нибудь без спросу поселился в этом месте; приходил он тайком, но никого не заставал; а на травке ни листика завялого, ни суточка, а на дереве ни червячка, ни паутинки. Иногда только казалось ему, что по лугу как будто вихрь ходит, да подметает пыль, и полет сухую траву, и обрывает завялые листья. Мокош, уверенный, что точно никого нет, забыл свои подозрения; и если б народ своими допросами про Нечистую силу, которая живет на холме, не напоминал ему об этом, он не знал бы никогда, что такое и Нечистая сила. У него все было чисто: и луга, и лес, и источник, из которого пил воду, и мука, из которой пек хлебы, и мысли его, и руки, и душа.

Уединение Мокоша нарушалось только несколько раз в году, во время Княжеской охоты, когда на заветном лугу выпускали соколов с челигами на ловлю птиц.

Однажды Мокош встал, по обыкновению, с солнцем, умылся ключевой водою, поклонился земно на восток, съел кусок хлеба с молоком и отправился в обход лугов и леса. Кончив свое дело, он пробрался скатом Днепровского берега к заветному холму, сел во впадине на мягкую мураву и стал глазеть на темный правый берег реки. Необозримая даль покрыта была густым лесом; инде только желтели песчаные холмы и курилось далекое селение. Влево, на высоте, расстилался Киев-град, с белокаменными палатами, вышками, теремами и бойницами.

Мокош на все смотрел; но для него все равно было, смотреть или нет: не в первый раз он видел издали и Киев, и Днепр, и темный правый берег его. Он ни о чем не думал, не рассуждал; и о чем бы стал он думать?.. Единообразие жизни есть бесплодное поле, на котором не родится мысль.

Итак, Мокош был в этом состоянии, непонятном для мира, исполненного жизни, борьбы добра и зла. Вдруг слышит он плач младенца, вскакивает, идет на голос, приближается ко впадине, осененной навесом лип, и видит, на одной из ветвей дерева висит колыбелка, а в ней лежит спеленатое дитя. Колыбелка качается, дитя плачет, шевелит устами, просит груди. Вдали эхо вторит чью-то колыбельную песню; но подле бедного дитяти нет мамы, нет няни, нет кормилицы.

Жалко стало Мокошу; подходит он ближе... вдруг колыбелка перестала качаться, эхо колыбельной песни утихло, свивальник развертывается, пеленки вскрываются, никого не видно, а кто-то вынимает ребенка; он утих, он лежит на воздухе, во что-то вцепился ручонками и к чему-то тянется, что-то рвет устами, кажется, сосет, слышно, как он глотает...

Дивится Мокош, разинул рот.

Невидимые руки пестуют дитя; оно повеселело, улыбается, бросает на все любопытные взоры; увидело Мокоша, тянется к нему.

Мокош не вытерпел, приближается, протягивает к ребенку руки, хочет взять его... а длинная ветвь орешника хлысть его по рукам.

— Погори ты пожаром! не уродись на тебе шишки еловой! — вскричал Мокош... а ребенок хохочет, опять тянется к Мокошу. Опять Мокош протягивает руки, а ветвь орешника опять хлысть его по рукам, а другая хлоп по лицу.

— О-о-о! бесова клюка! — кричит Мокош, протирая глаза, из которых искры сыплются... а ребенок смеется, тянется к нему снова.

— Провались ты, вражий сын! — произнес Мокош и побрел домой, повалился на лавку, спит.

А под крутыми берегами извивается Днепр, шипят его волны. Давно вытек Днепр из темных лесов Смоленских, из

23

соседства Двины и Волги, пробился сквозь каменные ограды земли Половецкой, скатился по десяти гранитным ступеням и ринулся в море.

Извивается Днепр, шипят его волны около берегов Киевских. Днепровский Омут выгнал на работу все царство отводить реку от священного холма, рыть новое русло.

Извивается Днепр, шипят его волны, а солнце играет в нем, а Киевские златые терема опрокинулись в него и мерцают в волнах.

Просыпается Мокош. Вчерашний день всегда был для него сном; но чудный ребенок на холме нейдет у него из головы.

"Дивен сон!" — думает Мокош и, кончив свой завтрак, отправляется в обход лугов и леса, идет опять мимо холма, садится отдохнуть. Глядь... а мальчик лет пяти, в красной сорочке, обшитой золотой тесьмою, в сафьянных сапожках, шитых узорами и выложенных бисером, бегает один-одинехонек и ловит мотыльков; много их вьется над ним, но он ловит изумрудного, осыпанного искрами золотыми, у которого крылья как будто обложены полосами радуги.

Увидев Мокоша, мальчик бежит к нему навстречу, берет его за руку.

— А!.. кто ты таков? — говорит ему.

— Да дедушко Мокош, — отвечает ему Мокош, выпучив на него глаза.

— А моего дедушку зовут Он! — вскричал мальчик. — Ну, и ты будь моим дедушкой!.. А можно уловить мотылька?

— Лови, голубчик! — отвечает Мокош.

— Она не велит... говорит, что это красная девушка; говорит, что я сотру с ее лика румянчик.

— Твоя бабушка обмолвилась. А где твоя бабушка?

— Где бабушка? Постой, я приведу ее к тебе. Мальчик побежал под навес липы, в кустарник. "Ау! ау!" — закричал он. "Ау!" — отозвалось в лесу.

— Чу! Она ушла в лес. Пойдем, поищем ее!

Он взял Мокоша за руку и повел в лес.

"Ау!" — снова закричал мальчик. "Ау!" — повторилось в лесу.

24

— Чу! пойдем, пойдем; вот здесь Она... Ох, нет, вот там!..

Мокош устал ходить за торопливым мальчиком.

"Ау!" — отзывалось то с одной, то с другой стороны. "Ау!" — закричал мальчик опять. "Ау!" — раздалось позади них.

— Эх! Она воротилась домой.

Пошли назад. Пришли на лужайку, под липы.

— Нет и дома, — произнес мальчик печально.

— Да где твой дом? веди домой.

— Вот здесь, дедушка, под липкой.

"Сирота, — подумал Мокош. — А в хмару да в ливень?"

— Под липкой, дедушка. "А в зиму да в метелицу?"

— Под липкой...

— Сирота!.. — повторил Мокош. — У тебя, чай, рученьки да ноженьки отморожены.

— Тепло, дедушка, под липкой; на эту лужайку я не выхожу; как пойдет черная хмара по небу да нанесет холоду, я сижу дома; боюсь выйти из-под липки: так и колет лицо, так и жжет.

— Откуда ты, голубчик, взял такую шапочку с обложкой горностаевой, словно Княжеская, да сорочку, шитую золотом, да сафьянные сапожки?

— Все мне приносит Он; ты видел моего дедушку?

— Какого дедушку?

— А вот что говорит: без меня бы ни песен, ни радости людям. А видал ли ты, как пляшут да водят хороводы? Вьются, вьются, заплетаются, девушки бледные, бледные!.. Запоют так: у-у-у-у!.. а мне так и холодно, как от белой зимы, что бывает за нашей лужайкой.

— Да каков дедушка твой собой?

— Каков? не таков, как ты; все исподлобья смотрит, на людях покойных ездит верхом. Все его боятся, а дедушка никого, — только боится кочета, что залетел из Киева; а я спросил его: "Чего ты боишься кочетка? Видишь, я не боюсь..." А Он сказал: "Гони, гони его, покуда не закричал!" Я и прогнал!..

Мокош внимательно слушал рассказ ребенка, присел на

25

лужайку и стал полдничать, вынув из кошеля кусок житного хлеба.

— Что это, дедушка? — вскричал мальчик. — Дай-ка мне!

Мокош отломил кусок: с жадностью мальчик схватил и съел.

— Ты голоден, голубчик, тебе поесть не дадут!.. вот тебе еще ломоток хлебца.

— Хлебца? — вскрикнул мальчик. — Она не дает мне хлебца.

Чем же ты питаешься, голубчик?

— Она меня кормит...

Вихрь свистнул между мальчиком и Мокошем и унес слова мальчика.

— Ась? — спросил Мокош, не расслышав, чем кормят мальчика.

— А поит... — продолжал мальчик.

Вихрь опять свистнул над ухом Мокоша; он не слыхал чем поят мальчика.

— Ась? — повторил он.

— Да, дедушка, — продолжал мальчик, — а мне тошно, тошно, как я съем... — Снова свистнул вихрь... — Все хочется этого хлебца да водицы испить, что течет под горой... У тебя много хлебца?

— Есть мало, — отвечал Мокош.

— Пойду я, дедушка, к тебе; ты такой добрый, ты меня пустишь гулять в город!

— Пойдем, пойдем... я поведу тебя в Киев, — отвечал Мокош, вставая.

Мальчик хочет идти — и вдруг остановился.

— А!.. - вот Она!.. Пусти меня к этому дедушке!.. пусти!

Мокош смотрел вокруг себя: с кем говорит мальчик?.. но никого нет... только вихрь свистал снова между Мокошем и мальчиком. Мокош хотел подойти к нему а ветвь натянулась и хлестнула его по лицу.

— Ооо! сгинь ты грозницею!! — вскричал Мокош, закрыв лицо руками. — Поточи тебя тля поганая! — продолжал он, удаляясь и проклиная Нечистую силу.

26

V

Наутро, по обычаю, Мокош снова спустился в обход лесов и заветных Княжеских лугов. Любопытство завлекло его к лужайке. Вот подошел, ступил на свежую мураву, и вдруг стукнулся обо что-то лбом.

"Вражий тын!" — вскричал он. Смотрит... и тычинки нет; хочет идти, ногу вперед — стукнулся снова, нет прохода. Сердится Мокош, шепчет бранные речи, шарит рукой, точно как будто каменная стена перед ним, а нет ничего. Продолжает вести рукой по стене, идет кругом, и стена тянется вокруг лужайки... За стеной чей-то голос.

Прислушивается Мокош, кто-то неведомые речи выговаривает.

Ы-ей-гей-ег-дой-ай-да-егоа, вар-ой-зы-воз-рой-ой-ро-воз-ро, дой-ей-ди-возроды, тай-си-ей-тси-возродтси, дой-рей-ей-dре-вар-нен-ей-ни-древни, ай-дой-ай-да-ада-мен-ой-мо-ада-мо, чоры-ей-че-лей-ой-ло-чедо-вар-ей-ве-челове-цюй-юн-цю-челоеецю, кыр-нен-ой-кко-вар-ой-во-кмово-жой-ей-жм-зной-нен-ей-зне-жизне...

— Ей, голубчик! кто тут?

— Принес хлебца? — отозвался голос— Не то не хочу учиться книгам.

— Да где ты тут?.. Ох ты, окаянная огородина!

— А, это ты, добрый дедушка? здорово! забыл ты меня!

Как будто сквозь туман увидел Мокош отрока лет десяти, в красном шелковом кафтанчике, перепоясанном золотым тесемчатым кушаком, с откидными рукавчиками, ноги перетянуты ниже колена также золотыми тесьмами, на ногах сапожки шитые сафьянные, на голове скуфейка, из-под скуфейки рассыпаются по плечам витые русые кудри; в руках отрока длинная книга и жезлик.

— Что ж нейдешь? — спросил отрок.

— Да словно стена стоит?.. аль мерещится?..— отвечал Мокош, тщетно подаваясь вперед.

— Какая стена! плюнь на нее, дедушка.

Мокош плюнул; вдруг как будто что-то треснуло,

рассыпалось вдребезги. Мокош, спотыкаясь, как по груде камней, приблизился к отроку и, взглянув на него, остановился, выпучив глаза.

— Да ты словно тот же, что вчера видел я... а пяди на три вырос!..

— Вчерась? — сказал отрок.— Да ты у меня и невесть с какой поры не был, дедушка.

— Ох, да ты не простой, словно колдун аль чаровник отец твой али баба, не ведаю кто?

— Иди же, дедушка, я рад тебе! — сказал отрок, взяв Мокоша за руку.— Ведь ты обещал мне хлебца, дай же, дедушка, хлебца, а я тебе дам золота, вот того, что люди, говорит Он, все за него покупают, кроме светлого неба.

Подбежав к скату горы, отрок откопал песок и показал Мокошу целую кадь золота. Мокош выпучил глаза.

— Бери, дедушка; Он сказал мне, что золото лучше всего для людей; за золото они продают свою душу и светлому Дню, и темной Ночи.

— То все мордки Грецкие! чего мне в них! нес бы ты их к Князю нашему аль к какому боярину, мужу великому; то, вишь, клад, а клад — Княжеское добро; а наш брат возьми клад да принеси домой, а за кладом и Нечистая сила в дом...

— Какая Нечистая сила? — спросил отрок.

— А вот что ты ее кличешь; она, чай, тебя и книгам учит?

— Учит,— отвечал отрок.

— Что ж тут писано?

— А тут писано так, дедушка: в начале лежали на пучине двое... Один светлый, светлый!.. другой темный, темный!.. лежали долго, спали крепким сном, да все росли, росли...

— Чай, словно ты?..— спросил Мокош.

— Я не расту, дедушка, сам ты давно меня видел.

— Морочишь, голубчик, растешь, словно под дождем боровик; ну разбирай, разбирай книгу.

Отрок продолжал.

— Росли, росли и выросли большие, великие, глазом не окинешь, и стало им тесно лежать в пучине; стало им тесно, они и очнулись; один очнулся, другой очнулся, встал один, другой встал, закипела пучина ветром. "Кто ты?" — молвил светлый. "Кто ты?" — молвил темный. "Чему здесь?" — молвил светлый. "Чему здесь?" — молвил темный, а речи словно гром прокатились по пучине... "Недобрый!" "Благой!" — крикнули оба два и схватились могучими мышцами и закрутились по пучине, ломят друг друга; от светлого сыплются искры, от темного холодный зной градом...

— Ну!..

— Дальше, дедушка, не умею; не учил.

Едва отрок произнес эти слова, вдруг вихрь закрутился, вдали затрещал лес.

— Она, Она идет! — вскричал юноша,— Ступай, дедушка, прочь, не то завьет тебя, закрутит, удущит... приходи наутро.

— Ладно,— произнес Мокош, осматриваясь кругом со страхом и удаляясь бегом от отрока; пес его остановился, лаял на кого-то во всю мочь.

"Экой омрак, экая нечистая сила!.. Ой, пойду в Киев да поведаю Княжим людям! то диво!.. да красной какой, добросердой!.. а, чай, от ведьмы бы уродился не такой? Уж не Княжее ли детище?.. Молвят же люди, не годами растет, а часами... Ой, пойду в Киев..."

И вот Мокош своротил на тропочку, которая тянулась покатостию горы частым кустарником и вела в Киев.

Только что своротил... а вихрь свистнул, закрутил, сорвал шапку с головы Мокоша; покатилась шапка в гору, поляной, заветным лугом — Мокош за ней, а пес за ним да за ним, а шапка, словно перекати-поле, катится да катится; прикатилась к дубраве, где была изба Мокоша, остановилась у порога. Устал, выбился из сил Мокош, плюнул на шапку, поднял ее, ударил о землю, повалился на прилавок, шепчет про себя: "Окаянная! словно юница прибежала с поля домой!.." И забыл о чудном юноше, забыл о Киеве, захрапел. И пес, почесав бок заднею лапой, по обычаю, свернулся в обруч, заснул.

VI

Едва только показался новый день над Киевом, Мокош очнулся, сел на пристбе, протер глаза и дивится, что его овчинная шапка валяется на земле; слова "окаянная, словно юница ведает закуту свою!" пробудились также, и Мокош в первый раз стал припоминать вчерашний день.

"Ой ли? от то!.. аль морок? — говорил он сам себе. — Оли клад мается да прикидывается ликом?.. ой диво, чудо!.. пойду ко двору, поведаю Княжеским людям!.. аль пойду проведаю, не морок ли?.. може, впрямь вражья сила нечистая, что народ бает".

Мокош поднял с земли шапку, отряхнул, обдул ее, взял котомку с хлебом, костыль, кликнул пса, отправился; дорогой забрел на полугорье к кринице, прилег на землю, полакал алмазной воды, обтер бороду, отправился далее.

Едва он вышел из-за косогора, по тропинке, извивавшейся к тому месту, где, по предположению Мокоша, был клад, который, наскучив лежать в земле, принимал на себя человеческий образ, чтоб соблазнить кого-нибудь собою,— вдруг из-под липки бросился к нему навстречу юноша, точно старший брат отрока, которого Мокош видел в прошлый день.

Мокош приостановился от удивления; а юноша висел уже у него на шее.

— Дружок дедушка! давно ты не был у меня.

— У тебя? — спросил Мокош.— А може, и у тебя... по вечери был; чудо! на голову поднялся!

— Ох, нет, много раз темная ночь тушила день светлый! — произнес юноша, вздыхая.— Грустно! а все кругом словно в землю растет... Помятуешь ты, эта липка была великая, великая! что на небо, что на нее смотреть, все одно было; а теперь маковка не выше меня... А светлый день все темнее да темнее в очах, а вот здесь жжет, мутит, нудит на слезы!.. Спрашивал, Она говорит: "Нет ничего"... неправду говорит Она: слышу — колотит, стучит, избило недро молотом!.. больно, дедушка, дружок, нет мочи! брошусь с утеса!..

30

— Дитятко, голубчик, Свет над тобою! то, верно, у тебя молодецкое сердце расходилось.

— Сердце? а что сердце? — произнес горестно юноша, приложив руку к груди.

— Сердце мотыль, говорят,— отвечал Мокош.— Да ты не пугайся, голубчик, небось просит оно, вишь, воли.

— Ну, я дам ему волю.

— Не вынешь, друг, из недра.

— Выну!

— Вынешь сердце, голубь, душа вылетит, умрешь.

— Умру? а тогда не будет колотить, томить...

— Вестимо, сударь, в гробу мир.

— Ну, умру! — отвечал обрадованный юноша.— Да как же умирают, дедушка?

— Ой ни! полно, дитятко! уродился ты пригож, поживи, полюбись красным девицам.

— Девицам? что прилетают сюда хороводы вить?.. что ластятся? что мотают нитки у бабушки?.. нет, не хочу их неговать, не хочу целовать в синий уста и в тусклые очи!.. не тронь их, чешут на голове зеленую осоку и крутят хоботом, словно сороки.

— Бог свят над тобою! — произнес Мокош.— С хоботом ведьмы Днепровские, а не красные девицы. У красной девицы уста — румяное яблочко, русая коса — волна речная, очи — светлый день...

— Не ведаю таких, такие ваши людские, а Она говорит: людская девица недобро, да кабы Он не сеял им раздора, да зависти, да не берег их соблазном, то быть бы им...

Вихрь свистнул над ухом Мокоша.

— Вот что...— продолжал юноша.— Так говорит Она: люди, что родным отцом называют да родной матушкой, меня прокляли, а Она взяла меня да взлелеяла.

— Бог свет над тобою, голубчик, бабушка твоя обмолвилась, урекания творит...

— Не ведаю; а не велит Она любить людей, а я тебя полюбил, дедушка; а как ты про своих красных девиц речь

31

ведешь, так и тихнет на сердце. Покажи мне свою красную девицу, может, ты правду молвил.

— Изволь,— отвечал Мокош,— покажу, да еще Княженецкую; приехала из Царьграда девица, младшая, живет в красном дворе, в зверинце. Князь наш Светославич Ярополк берет ее женою.

— Ну, идем, идем! — вскричал юноша.— Скоро, скоро, покуда нет ее, Она не пустит.

— Идем! — сказал Мокош.

Юноша побежал под липку, снял с ветки кушачок красный, узорчатый, опоясался; надел на голову шапочку, шитую с собольей обложкой, откинул кудри от очей, расправил их по плечам, голубые очи засветились радостью, ланиты разгорелись полымем.

"Словно Князь Володимер!.. тый мало старее",— думал вслух Мокош.

Вот идут Займищем.

Торопится юноша; пыхтит Мокош, подпираясь костылем.

— Сударик! — говорит он.

— Что изволишь? — спросил юноша.

— Слыхал ты про Киевскую ведьму? — Уж не ведьма ли Она, что вскормила, сударь, тебя?

— Ох нет, не ведьма; не ведьмой кличут.

— Не ведьмой?.. Ой?

— Просто Она.

— Дивись! чай, страшенная! чреватая, полноокая, кобница хитрая?

— Не ведаю,— отвечал юноша, торопясь идти.

— Уж то, сударь Боярич, то ведьма!.. уж ведьма, коли людям не кажется!.. Ходит, чай, метелицей, вьюгой вьет; по лесам да по лугу злое былье собирает; строит ведьство, потвори, чародеяние, зелейничество... аль нападет, ровно зубоежа... аль скоблит, ровно грыжа, аль умычку творит красных дщерей со дворов Боярских...

— А где та ведьма? — спросил юноша.

— А вот то-то того и пытают, сударь Боярич, чуешь, молвит слово-скать живет ведьма у Днепра, в недобром месте под осиною. Пагуба, дивись! а сотворила чудо над Владычьним старым родом; ведаешь, было: Вещий Влады-ко пошел на воду мыть малого Божича, госпожу златую... то еще было при Ольге Княгыне, а Княгыня была у Царь-града, а то был день праздный Купала; а жрецы шли на Днепр, несли мыло да ширинку узорочную, да лохань златую великую, да на лошках златых великих златую, сыпанную жемчугом одежду, да гребень, да елей на умащенье. А людьем, на берегу, ставили столы браные, и корм, и сологу, и рыбу, и мед, и пиво на пир великий; а пришли людье на Днепр, а Вещий принял золотую госпожу, моет мыльнею... глядит... на волнах чюдо какое! лежит девица, всплыла из пучины, лепая, красная, распрекрасная!.. спит!.. Владыко завидел ее, да и уставил очи, уставил очи, да и ронил Божича в реку; Божич канул, да и пошел на дно. А Владыко не ведает, что творит, да и покрыл полою белой ризы; а девица русая, белая, словно из мовни, спит себе, любуется устами; а ланиты — день румяной, а лоно — две волны перекатные, а вся пышная, снежная, пух лебяжий. Вещего обдало пожаром... сором, да и только! Берет он девицу на руки тихо. "Подайте — говорит... а сам трусится,— подайте покров поволочитый!" — говорит да кутает девицу в ризу, не зрели бы люди. Подали покров поволочитый; окутал девицу в одеяло, несет, обливается градом, чуть дух переводит; а жрецы за ним следом, да поют, величают Божича. А величают они так.

Тут Мокош затянул сиповатым голосом:

> Грядите во славу-д-мыльницы божьи,
> Черпайте-д-златом волны морские.
>   Свету свет, велий боже наш!

> А листом румяным-д-господыню хольте,
> Олеем душистым-ма-главу ей мастите.
>   Свету свет, велий боже наш!

> Усыпайте-д-волны, волны-д-морские,
> Лазоревым цветом-ма-д-маком багряным.
>   Свету свет, велий боже наш!

Поливайте-д-волны-д-сытою и млеком,
Кудри златые ладьте частым гребнем.
Свету, свет велий боже наш!

Заплетайте косы-д-хитрой плетеницей,
Умывайте тело-д-кипучею пеной.
Свету свет, велий боже наш!

— Так спевали жрецы, а Владыко Вещий идет во храм Господский весь не свой... а зной градом с чела выступает; а велит никому идти в хором, кроме причета, на то воля Госпожи, говорит. А причет ставит на место над стоялом небо, а Владыко Вещий закидывает завесу да велит всем прочь идти, а девицу кладет на золотую подушку, а распахнул Вещий ризу...

Тут Мокош остановился, приставил костыль к левому плечу, снял шапку и, улыбаясь, почесал голову...

Юноша также остановился, рассказ Мокоша о деве привлек его внимание.

— Ну, дедушка, что ж, как распахнул Вещий ризу?

— Хэ! — произнес Мокош, улыбаясь, и потом, приложась к уху юноши, молвил шепотом: — Ровно голь гола!

Юноша нисколько не удивился. Мокош продолжал вслух:

— И проснулась, очи ровно два светила небесных лучи бросают. "Где-сь я?" — говорит; а Владыко молчит, онемел да вперил очи на девичьи красы; а ей студно стало, набрасывает долгие русые косы на белые перси, а вся такая ласная!.. а Вещий — так его и бьет грозница — распылился, накинулся, словно канюк[7] на голубицу; а она хвать его за седые власы, словно коня за гриву, да и вскочила на выю; вези, говорит, на широкий Днепр! да и начала гонять по хороми, бьет долгой косою по хребтам. Ровно как на дыбах, носится Владыко, кружит коло стояла святого, а бежать вон не смеет: студно народа; а люди, весь Киев стоит у дверей хоромных, ждет, покуда откинет дверь Владыко, человать бы Божичу; а двери не отчинаются, а с

---

[7] Ястреб. (Прим. Вельтмана.) Так называли филина или полевого коршуна с неприятным криком (отсюда — канючить).— А. Б.

Днепре летит тьмущая стая сорок... То, видишь, все русалки, дщери великой ведьмы, что хобот в три пяди, украли сестру молодшую. Осели всю хоромь, трескочут, бьются в окончины, тьма-тьмущая, туча черная! "Ох, недобро!" — молвят люди; гремлют, ломются в храмину — нет ответа. А в ту пору в хороми был хоромный отрок, звонарь; а той был на звоннице, вверху; а слышит в храме громоть, стук, сошел книзу, озирает из притвора, а в хороми красная дивная девица ездит на Владыке, ровно на коне, косой погоняет, а власы ровно риза шелковая расстилаются, а с чела Владычнего зной градом сыплет. "Ох, — мыслит отрок хоромный, — размыкает Владыко красную девицу!.." а как поравнялся Владыко с ним... а хоромный отрок видит у девицы хвост словно у сороки колышется; он за хвост, а хвост, до пера, весь в руке остался. Вскрикнула девица, опали у девицы руки, рассыпалась коса до земли, запутался Владыко в косе, грохнулся без памяти оземь, и девица ровно пуховая покатилась — лежит, ровно уснула. А народ ломится в двери, гремит грозою... "Ох, горе великое!" — думает отрок хоромный, да и ухватил девицу поперек...

— Дедушка, дедушка! — прервал вдруг юноша рассказ Мокоша. — Не то ли терем?

— То, сударь, — отвечал Мокош и продолжал: — Так вот...

— Здесь живет красная Княжна-девица? — спросил опять юноша, дергая за полу Мокоша и устремив очи на высокий терем, которого светлые верьхи выказались из-за рощи.

— Здесь, сударь, здесь... Вот и ухватил, мечется во все углы хоромьнии, а ворота трещат, народ ломится, а сороки трескочут, бьют крылом в окны, туча грозная! хором словно среди ночи стоит...

— Стой, стой, дедушка, пойдем скорее! — вскричал юноша, схватив Мокоша за руку и потащив за собою.

Нить рассказа Мокоша оборвалась, он умолк, запыхаясь, переваливается за юношей, не сводившим очей с терема, — шепчет сердитые речи...

VII

"Мы же на преднее возвратимся, на горькую и бедную память тоя весны",— говорит летопись; поведаем о Киеве и о Князе Киевском Великом Киевском Ярополке.

Не дал бы Светослав, уезжая в Болгарию, стола Киевского Ярополку за его безнравие и слабосердие, если б не умолила его о том Ольга; не послушал бы Светослав и родной матери, если б знал он, чему учит она Ярополка в тайне.

Ярополк был слаб душою, добр, послушен каждому, не только мудрой бабе своей; и потому Ольга ошиблась, полагая, что ее светлые слова падут, как тучное семя на тучную душу его, и он торжественно восстановит крест над Русью.

Ольга умерла с улыбкою святой надежды. Светослав погиб последним героем язычества, Инегильда не пережила горя, и Ярополк принял костыль Княжеский, подтвердив уделы, назначенные отцом, за братьями.

По завещанию Ольги Ярополк должен был жениться на Гречанке, которую Ольга привезла с собою из Царьграда и воспитала в тайне, для внука. Говорили, что это дочь Патриция Константина, сестра Патриция Романа, бывшего впоследствии полководцем во время войны Цимисхия с Светославом; но достоверно этого никто не знал.

Она была собою прекрасна, как божья милость; полюбилась бы владыке Олимпа, увез бы он ее, как Европу, причислил бы к сонму Азов; но не соблазнил бы, как Леду, лебединой своей песнью.

Ольга приучила Марию и Ярополка друг к другу, старалась оковать их любовью; но сердце не живет чужими законами; оно любит тайну, любит затруднения, любит искать свое счастье среди горя. Ярополк видел часто Марию, Мария Ярополка; но их приветливые взоры были холодны, только Ярополку предоставлялось право видеть Марию; Олег и Владимир были лишены этого права.

Но в день смерти Ольги, когда уже все выплакали слезы свои, Владимир, любивший бабку свою искренне, более всех, стоял на коленях перед нею в продолжение всей ночи; тут же перед одром Ольги стояла и Мария. Так провели они ночь, как два ангела, обнявшие могильный памятник.

Занялась заря, оба они очнулись, взглянули друг на друга, опустили очи, и этого было довольно для любви.

Владимир не мог иметь времени узнать, кто такая Мария; ибо на третий день с Добрыней и послами Новгородскими отправился он в Новгород, а Мария знала, кто Владимир, и ничего не хотела более знать, — самое имя Ярополка стало ей ненавистно.

Ярополк, к счастию, и не заботился о красоте Марии; она жила, как очарованная, уединенно в красном дворце зверинца Княжеского, ожидая с ужасом исполнения завещания Ольгина; но Ярополк, занятый сперва поминками бабки, потом поминками отца, не мыслил о женитьбе. Между тем возвратился старый Свенельд, дядька и любимец Светослава, сохранивший чудным образом жизнь свою после пагубной битвы под Доростолом, где он остался на поле сражения между мертвыми телами.

Свенельд, честолюбивый Фэроец, привез Ярополку мнимую волю Светослава, чтоб он женился на его дочери Ауде, представив все неприличие избрать сильному и Великому Киевскому Князю в жены девицу неизвестной породы. Ненавидя Греков, он напугал Ярополка союзом с Гречанкой. "Греки ищут власти над Русью и над тобою!.. прими их веру, совокупись с кровью Еллинской, и будешь платить дань Царьграду, и пойдешь со всеми мужами твоими и повинниками на службу царю!"

Ярополк, спроста рещи, не мудроведий, послушал Свенельда, который убедил его, что святой завет и воля идут от отца, а не от бабки, жены, обаянной попами Еллинскими; и Ярополк женился на его дочери. У Свенельда была еще другая хитрая причина. У Свенельда был Свенельдич; а Ольга, умирая, завещала Марии большое вено.

Но бог Еллинов опутал Свенельда в собственных его замыслах. Дочь его Ауда, Княгиня Ярополка, умерла в муках, а дерзкий юноша Свенельдич Лиаутер, гоняя зверей в лесах

37

Деревских и встретив Олега, бывшего также на ловле, завел ссору, налаял Князю и погиб как собака.

Последствие сего обстоятельства и коварное мщение Свенельда известны каждому: несчастный Князь Олег был жертвой братского малодушия, Ярополк лил слезы над его могилой, но Свенельд успокоил совесть Князя и, опасаясь мести Владимировой, хотел оградить себя новым раздором братьев... Упрек, полученный от Владимира, и требование разделить удел Олегов на две равные части послужил ему поводом.

— Сын подложницы не брат тебе и не равный,— говорил он Ярополку.— Не два Великих Князя на Руси; а Новгород величает Владимира Великим Князем; исполни волю его, и Великий Князь Новгородский захочет поклона, дани и даров от Киева, установит прежнее первенство стола Новгородского.

— Чему же быть? — спросил Ярополк, устрашенный словами своего коварного Думца.

— Шли послов в Полтеск, к сильному Князю Рогваль-ду, проси дщери его и пойми себе женою. А к рабыничу шли за покорностью старейшему Киевскому Великому Князю; а не исполнит воли твоей, покарай спесь Новгородскую силою своею и союзом с Князем Полтеским.

И Ярополк дал веру словам коварного Думца.

VIII

После смерти Олега в число Думцев Ярополковых: старого Свенельда и порывистого Икмара, прибавился еще Думец, близок Олега, Блогад и Гуде Вручева, Грим; он правил жертвоприношениями и прорицал; это был хитрый, рыжий Финн.

Окруженный Ферейнгами, Свеями и вообще поклонниками Тора, Ярополк забыл уроки Ольги и обратился к жертвам идольским. Христианская церковь Илии, построенная Ольгою, закрылась; только в красном тереме загородном, где жила прежде Ольга, а по смерти ее Мария, посвятившая себя горю и молитве, имели еще иереи Греческие прибежище.

Блотад и Гуде Грим принял первосвященство и в Киеве. Народ прозвал его Блудом Кудесником; он учил народ силою вере своей, гнал жрецов божевых, и были в Киеве, на улицах скорбь друг с другом, дома тоска.

В промежутках важных событий, которыми располагало судьба, Свенельд и Блотад, внушившие в Ярополка не мудрую деятельность, но одно только малодушное беспокойство, он, тучный, не двигаясь с места, *лагодил*, прохлаждался в своем Великокняжеском тереме, на бархате золотном, ласкал дев и перебирал четки, которые остались единственным признаком прежней его веры.

Не терпел он войны, — печальный конец подвигов отца напугал малодушного сына.

От войны откупался он дарами...

Не терпел он *ловы деять*, потому что на ловах туры, олени и лоси рогами бодают, медведи кости ломают, вепри живота не щадят.

Думой Княжеской правили Думцы; у него была другая забота: населял он свой терем красавицами заморскими, окружал себя трубами и скоморохами, гуслями и русальчами и разные *позоры деял*.

Как собирают красные цветы на леченье, так собирал он красавиц всех земель и сушил их в своем тереме. С востока, с юга, с запада, с севера везли ему дивных красотою дев, и бедные, сорванные с родного стебля, увядали в тереме Княжеском.

Торжественно совершался обряд Показа Князю вновь привезенной Хазарки, Аланки, Ясыни, Грекини, Болгарыни, Урменки. Покуда вели ее в мовню и одевали в Княжеские ризы, Ярополк в нетерпении пил хмельной мед кружка за кружкой и обдумывал: из какой земли недостает у него красной девицы?

Когда вводили деву в Княжеский сенник, Ярополк любовался, заставлял говорить на своем языке, петь родные песни, и дева исполняла волю его сквозь слезы, тешила его чудными, странными звуками своего наречия. Расспрашивал он чрез толмачей, есть ли в земле ее среди белого дня солнце, во время ночи луна и звезды? Растет ли хлеб, водятся ли быки, кони и овцы? Не протекают ли на родной земле ее в кисельных берегах молочные реки? Живут ли в лесах лешие, а в реках ведьмы?

У Ярополка были полуобнаженные Альмэ, Торские плясавицы с тамбуринами; Египетские Гази, которых черные ресницы как тучи набегали на яркие звезды; пламенные Унгарки в дальме из Дамасской ткани, карситы усеяны четными рядами перловых схватцов; Баладины, игрицы Румынские и Хорицы, плясавицы Греческие.

У Ярополка были даже Муринские девицы, копоть солнца, завешанные корою, с огромными золотыми кольцами в ушах и на конце носа, с раздвоенными, оттянутыми, просверленными губами, с телом, исписанным разными знаками каленым железом.

Таким образом тешился Великий Князь Киевский, и в это-то время сбывалось под липкой чудо, которому дивился только один Мокош, сторож Великокняжеских заветных лугов и дубрав.

Обратимся же к Мокошу.

Вот ковыляет он вслед за торопливым юношей; прошли они заветный луг; юноша перепрыгнул, а старик перелез через ров и вал Займища; вступили в глубину дубравы, окружавшей красный двор Княжеский; приближались уже к высокой деревянной ограде с кровлею.

— Что то светит, дедушка, за деревьями? — спросил юноша.

— То золотые вышки терема, — отвечал Мокош.

— А где же красная девица?

— В тереме, сударик, в тереме.

— Где же путь к ней, за ограду?..

— Тс! сударик, не шибко!.. сторожа на бойницах, прогонят нас... Полезай на сию дубовину великую, да и сиди смирно, ровно птица по ночи, доколе не выйдет румяная заря-девица гулять в сад. То-то надивишься! ровно солнце в небе.

— Что ж, дедушка, дивиться, пойдем в терем! — произнес юноша, и, схватив старика за полу, потащил за собою.

— Ой нет, сударь, завещано от Князя пагубой! — отвечал Мокош, ухватись за дерево.

Юноша печально посмотрел на Мокоша, потом на высокую стену, потом на старый высокий дуб, который рос подле самой ограды и одним суком, как будто усталый, опирался о крутую кровлю стены. Посмотрел и вмиг, как векша, прыгнул, вцепился за сук, вскарабкался на вершину дерева, устремил сокольи очи свои в сад.

— Каков терем, сударик? — спросил Мокош снизу.

— Терем? ничего, видал лучше,— отвечал юноша.

— Ой? да где ж ты видал, голубчик, лучше? из-под липки никуда не выходил.

— Видал ладнее, под липкой, когда Он сложил на лодонке терем из светлых камышков, в дар Днепровскому царю Омуту.

— Диво! нет веры тому! — отвечал Мокош, садясь под дерево и качая головою.

— А вот того не видывал,— продолжал юноша, указывая на высокую яблоню, которой ветви, унизанные румяными плодами, как кисти виноградные, висели над стеной.

— Ох, то кислички, сударь, кислички Козарскии; сроду не вкушал! а вот то дули, солодкии...

— Подожди мало, добуду тебе! — сказал юноша и хотел лезть на ограду за яблоками.

— Ох, не губи души моей! — вскричал Мокош.— Ровно воробца, устрелит стража!

Вдруг в саду раздались голоса. Мокош испугался, замолк, прилег за куст, а юноша уставил очи на теремное крыльцо.

На дубовых ступенях лестницы показалась девушка в черной одежде; на голове ее была черная же остроконечная повязка, легкий покров был откинут. Ничьи очи, кроме зорких ясных очей юноши, не могли бы рассмотреть издали лица ее; но сладостно вздрогнуло бы сердце, помутилась бы память любовью у каждого, кто взглянул бы хоть на далекий призрак Марии.

За ней шли две подруги с прялками и старая мамушка с костылем.

— Дедушка! — вскричал юноша, не сводя устремленных на Марию взоров. — Дедушка, неладно видно!.. пойдем в сад!..

— Тс! распобедная головушка! не про нас туда путь!

— Хорошая, хорошая! — продолжал юноша.— Да под пеленой, молвить, солнышко под тучкой!.. дедушка, голубчик, у ней текут слезки по белому лику!..

— Ох, что ты творишь, сударик! — шепотом произносит Мокош, карабкаясь на сук, чтоб ухватить юношу за ногу и стащить вниз.

Юноша не внимал его, он уже звал девушку: "Поди сюда!.. девушка!.. радостная моя!.. Не отзывается... она плачет!.. печальная!.." И с этим словом, с ветви на ветвь, с сучка на сучок, прыг! и очутился на стене; со стены скок на яблоню, с ветви на ветвь, с сучка на сучок, прыг на землю — и очутился в саду.

— О, погубил мою головушку! — повторял Мокош, катаясь по земле,

А юноша зеленым лугом бежит прямо к девице. Подбежав, хочет обнять ее, прикоснулся уже к стану руками; но сила очарования, которая изливалась из очей Марии, остановила его.

Мария вскрикнула, бросилась к подружкам своим.

— Сила святая с тобою! — произнесла мамушка, дуя на побледневшие ланиты Марии.

— Не пугайся, светик девушка, не бойся, красная, хорошая! Я ничего тебе не сделаю!..— произнес юноша, подходя также к ней и несмело прикасаясь к ее руке.

— Бука, Бука! — вскричала Мария и бросилась бежать в терем.

Юноша преследует ее, вбегает также на крыльцо; она в светлицу, он за ней, она по витой лесенке в терем, он за ней.

— Что содеялось с Марией?.. говорит, вишь, Бука?..— перешептываются спальные девушки, сбегая со всех сторон в светлицу.

— Померещилось, верно, ей что; да уже померещилось ли? все мы тут были. Уж не родимчик ли?.. Чу, вопит! идите, девушки! — шепелявила старая мамушка, поднимаясь по крутой лестнице, постукивая клюкой и черевиками на высоких каблуках по ступеням.

Девушки с ужасом идут вслед за ней; взобрались в терем, откинули резные дверцы...

А на небе, откуда ни возьмись, тучка. Чернее, чернее; взвилась вихрем, закрутилась; громовый удар рассыпался над теремом, клубок огня взлетел в открытое окно, катается по земле, мечется во все стороны, палит кругом, бьет об золотые маковки кровати и с треском вылетает струею в другое открытое окно.

Все это видели мамушки и девушки и долго лежали без памяти в дверях. Лежит без чувств на подушках и Мария; ее грудь волнуется, ее длинные частые косы рассыпались по плечам, ее лицо разгорелось, как будто опаленное молниею.

IX

Посреди чистого, ясного неба, над Киевом, вилось черное облако; то разделялось оно надвое, то сливалось; то растягивалось змеем, то свертывалось в клубок; с земли казалось, что в вышине бьются две черные птицы; одна ловит, другая, отбиваясь, взвивается к небу, бросается вниз, мечется в стороны; но не может отбиться от хищной и, обессиленная, бьется в когтях ее.

Закатясь на край неба, черное облачко вдруг ринулось, как падучая звезда или как орел, который, сложив крылья, падает стремглав с высоты свистящим камнем, и вдруг, над самой землею, распахнется, преобразится из черного шара в собственный образ, и плавно опускается на вершину скалы. Так черное облако, упав с неба клубом, над черным ущельем Днепровским, обратилось в купу пламени, которая, обдавая собой юношу, поставила его на землю и потухла.

— Прочь, злой!.. не хочу я знать тебя! — вскричал юноша.

В воздухе раздалось шипенье, мутные звуки, речи, похожие на усилия немого произнести слово; отзываются они в ущелье, как шорох или шепот, обращающийся в глухой свист, как шум клубящейся воды в пучине.

— Нет, нет!.. то не пища, что ты мне давал, то не красны девушки, что Она нагоняла на меня и заставляла целовать!.. Не хочу ничего!.. пусти меня!.. пойду туда; там легко, хорошо мне; пусти к ней, в красный терем, а не то я слезами залью тебя... как люди; ты сам говорил, боишься слез людских, да покаяния, — я покаюсь!.. Слышишь!.. пусти меня!..

Словно что-то зашумело, как будто медленно, неровно обращающееся колесо ветряной мельницы. Долго продолжался шум; юноша слушал внимательно.

— Нет, не хочу! — вскричал он наконец. — Не надо мне царства земного, приведи ее сюда!.. не борони мне обнять ее, я поцелую светлый лик ее, она такая радостная! Ты не ведаешь того!.. ты ее не видывал!.. я бы взял ее, обнял бы ее, если бы не ты...

Юноша умолк, закрыл лице руками; но вдруг как будто повеяло на него радостью.

— Я могу ее взять?.. — вскричал он. — Скажи же скорее... она будет моя?.. вымолви же, что мне делать!.. все тебе сделаю, что хочешь, лишь отдай мне ее!.. ждать?.. не хочу! не могу! у меня болит, вот здесь, без нее... разлюблю дни свои!

Он умолк снова, призадумался.

— Ну, хорошо! — произнес — Исполню волю твою.

Сел под липку и снова призадумался... Шипенье утихло. Теплоту воздуха прорезал холодный ветерок быстрою стрелкой. Струйка его понеслась, посвистывая, вдоль берегов Днепра, врезалась в вечерний туман; туман гуще, гуще, сумрачнее, темнее, чернее; стрелка несется далее, далее, путь ее обращается в мрак, в кромешную тьму, в синеватое зарево, в бледный, холодный свет; необозримое пространство наполнено мелькающими безобразными тенями; на черной скале сидит бесцветный, страшный лик, как прозрачный, пустой, огромный сосуд; около него, как около бездны, сидят бледные лики, его подобия, дряхлые, искаженные вечностью страданий, как люди, которые изгоревались, измаялись.

Сюда-то прилетел резкий ветерок стрелкой и упал пред

черною скалою, на которой восседала Нечистая сила; прилетел и разостлался прахом на земле.

Раздался хор, звуки рыдали, звуки носили один смысл на всех земных языках; и были то: песнь, вопль, слышимые на земле только в бурю, когда ветры воют о прежнем своем раздолье, о пустынях, заселенных людьми.

Уста Нечистой силы раскрылись пучиной, пыхнула туча на прилетевшего, перекатились громом темные речи: "Не будет нашего царства на Днепре, доколе глава Светослава не покроется черепом!"

Прах взвился вихрем, загудело в воздухе, посыпалось слово: Всем! как град из тучи...

В столбе вихря понесся Нелегкий назад. Летит, вьется, взвивается сквозь бездну тьмы, чрез леса, чрез горы, чрез моря; ломит, крутит деревья, прах и воды, идет чрез Киев, метет улицы, срывает кровлю с Княжеской ризницы, взвивает золотые одежды на воздух и несет тучею в горы.

Между тем юноша сидит под липкой задумавшись. "Она такая радостная! — повторяет он про себя. — Светла, как , этот круглый день, что носится по небу, которого не любит Он. А Она принуждала меня целовать девушек, похожих на бледный лик ночи; мне холодно было, когда они ласкали меня да вопили страшные песни, совсем не так, как пели красные девушки в тереме: не отходил бы от них! все они такие веселые, радостные! не то что здешние, заунывные... А она... лучше всех! ланиты — румяные облачка, волосы не осока. Покрыта она темною пеленой; не то что здесь, в наготе, как на реке синие волны... Обнял бы я ее, положил бы ее голову на недро свое, да и баюкал бы, глядел бы в очи и целовал бы ее крепко, крепко! да и уснул бы". Юноша задумчиво продолжал мечтать, мысли веяли сладким сном на его очи...

Вдруг столб вихря показался от Киева, вершина его горела, как золото от заходящего солнца. Несся, несся и вдруг рассыпался вокруг юноши Княжескими светлыми одеждами.

— Ну, ну! — говорит юноша. — Что делать прикажешь?

Вдали эхо повторило какой-то отголосок.

— Выбирать одежду? — сказал юноша, рассматривая

золотые багряницы, шапки собольи, лаженные золотом, и разную одежду, которая лежала вокруг него на земле.

— Одеваться? — продолжал он.— Зачем же?.. Я! Княжеский сын? у меня отец? где же?.. у Днепровского Омута?.. Что ж у него просить?.. красную девушку?.. Он скажет, что делать мне? Ну, хорошо!.. пойдем!.. я оденусь!..

И юноша, сбросив свой кафтанчик, надел другой, весь облитый золотом, подпоясался кованым поясом, надел остроконечную шапочку, усыпанную светлыми камнями.

Едва произнес он: "Ну, готов!" — вдруг обдало его тьмою, потом подняло его, потом казалось ему, что он бухнулся в воду и несся между прохладными волнами. Тьма вокруг него исчезала, исчезала, и он увидел себя в самом деле на золотом дне воды; что-то текло впереди, волны раздвигались перед ним, пучились, дулись. Вдруг видит он в воде точно как терем светлый, прозрачный; своды и стены его пенились, пузырились, кипели; радужные цветы света переливались на них, блистали, вспыхивали, потухали и опять загорались.

Юноша вошел под свод терема. Во впадине, унизанной камнями, обращающимися то в алмаз, то в жемчуг, то в янтарь, то в кораллы, пыхтела седая глыба воды. Это был Днепровский Омут.

Едва только увидел он пришельца, вдруг заклокотал:

— А, это ты?

— Я, — отвечал юноша.

— Ведаю, ведаю; а как тебя прозывают?

— Как прозывают? — сказал юноша.— Не ведаю того.

— Не ведаешь! — заклокотал Омут.— Вот примером... меня прозывают... о, да мне много имен: сродни я Пучине, Бездна своя мне; да Днепр под началом моим; а с Днепром нелегко управляться: враз из берегов вон!.. Много у меня в подводном царстве пены, а пузырей еще больше! Забурчу — взбурлит и весь Днепр, повалит вал за валом, в меру, словно конь главу вздымает да белою гривой потряхивает; пойду по власти, а за мной волна греватая да струя светлая, по-вашему дочь; а Днепр-река вздуется, поднимется на дыбы; а зовут меня Омут-Царь. Ведаешь теперь?

— Ведаю, Государь Омут.

— Ну, а тебя как прозывают?

— Не ведаю, Государь Омут; у меня ни своих, ни родных, и под началом никого нет,— отвечал юноша.

— Как! — вскипел Омут.— Меня обманул Нелегкий? ты не Светославич? у тебя нет отца?

— Нет у меня отца; он, вишь, молвят, у тебя, Государь Омут,— отвечал юноша.

— То дело,— прошумел Омут, закрутив седые усы.— Призвать ко мне Светослава!

Послушно хлынули ключи, окружавшие престол, потекли исполнять волю своего Царя.

От крутого берега реки отступила волна, сторожившая впадину, заваленную огромным камнем; накатилась снова и порывом своим отвалила камень; со мшистого ложа, во впадине, поднялся великан воин; сверх железной, заржавленной брони лежала на плечах его широкая красная мантия, обложенная горностаем; главу его покрывала железная шапка с золотым лучистым гребнем. Лицо воина было бледно и покрыто струями запекшейся крови. Он подошел к Глыбе.

— Светослав! — произнес громогласно клокочущий Омут.

На воине потряслась тяжелая броня, хлынула кровь из-под шлема, заструилась по течению реки змейкой.

— Это ли сын твой, на котором лежит твое проклятие? На воине потряслась, застукала тяжелая броня.

— Вот отец твой! — продолжал клокотать Омут, обращаясь к юноше.— Проклятым словом отдал он тебя нам во власть и сам угодил за то во вражьи руки. Послужи нам, славь наше имя на земле, откупись службой и молитвою сам, откупи и череп отца своего: Бошняки[8] пьют из него мед; а без черепа нет пути отцу твоему в божьи сени. Светослав, покажи сыну своему главу свою; не унесла она седого чупа в обитель умиренных.

На воине застукала броня; приподнял он шлем... На голове нет черепа. Содрогнулся юноша, холод пробежал по его членам...

---

[8] Печенеги.

На воине снова затрепетала броня, уста и мутные очи отверзлись.

— Слышишь ты, Светославич, волю и молитву отца? — пробурчал Омут.

— Слышу! — едва произнес юноша.

— Памятуй! — продолжал Омут. — Добудь же от Бошняков череп его, сотвори лик тьмуглавый... и молись... чуешь? гремлит...

Вдали над Днепром грянуло... свет подводного царства стал угасать... все потухло, обратилось в ночь, заволновалось, закипело...

— Памятуй, Светославич! — раздался снова глухой голос. — Добудешь череп... исхитишь власть у Владимира, погубишь Ярополка, сядешь на столе Княжеском... Поруши храмы святые, возлей на жертвенники кровь... А добудешь череп... брось его... в черную полночь... в грозную тучу... в Днепр... и будет тебе награда, и дева красная по сердцу, и желаемое все...

Слова раздавались, как перекаты грома; вдруг удар разразился над юношей; содрогнулся он... видит себя на берегу крутого Днепра, под черною, громовою тучею; молния льется струями по небу, далекий Киев как в огне. Трепещут Киевские люди, выбежали из домов, стоят, воздев руки к небу, смотрят, как гроза бьет в терем Ольги; но терем стоит невредим, молния скатывается по золотой кровле и рассыпается искрами.

А юноша сидит под черною тучею на холме Днепровском; он еще не совсем очнулся от страшного видения; он повторяет его в мыслях. По частым кудрям стекает дождь; он ничего не чувствует, думает о воле отца, думает о деве красного терема...

Сидит сиротой и не плачет — ему еще тайна житейское горе.

X

А Владимир принял власть стола Княжеского, сидит в Новегороде, суд судит, ряд рядит, творит требы и праздники, на весельях тешится, у всех людей ласковым солнцем величается; да не сбудет кручины, залегла на сердце, мутит душу.

Призывает он Добрыню поведать ему горе свое.

"Не век мне, говорит, холостым ходить, без жены гулять; кто знает красную девицу Станом статную, умом свершенную, лицом белую ровно белый снег, а румяную ровно, маков цвет, брови черные ровно соболи, очи ясные как у: сокола?"

Думает думу великую Добрыня, досвечивается у людей: нет ли в Новегороде красной девицы, годна бы была ласковому Солнцу Князю Владимиру.

Думают думу великую и старейшие Новгородские люди. "У нас красные девицы все равны,— говорят они,— которая Князю полюбится, приглянется, та и будет его княгинею".

— Все равны, хороши у нас красные девицы,— промолвил Жилец Буслай,— а видел я красную девицу лучше всех, какой и свет не родил; а была она в хороме Волосо-вой при мольбе в Князево пришествие, была с моей кумой становищенской.

Вот пошли узнать у Буслаевой кумы про девицу, какой свет не родил.

— Была, была со мной девица в хороми, да не родная, не знакомая, и не ведаю, откуда она, какого рода-племени, заезжая ли, мимоезжая; молвят люди басню, то, дескать, Царь-девица, дочь Гетманская, с Золотой Орды; ходит она по свету, ратует, витяжничает, и нет равной ей ни красотою, ни силою.

Идет Добрыня к Князю Владимиру поведать речи людские, Новгородские; да не сказал про Царь-девицу Ордынскую; не Великому Князю чета девица-скитальница, по свету ходит, ворон пугает!

— Выбирай,— говорит он,— Князь, себе девицу Новгородскую: а не выберешь, шли Послов к Рогвольду Князю Полтескому; есть у него дочь единородная, на диво миру мирскому.

Послушался Владимир Добрыни, стал ездить гостем-женихом на пиры почетные Боярские; был у всех, где только дочь, девица младая, красотой и добротою славилась; откушивал хлеба, соли и калачей крупичатых, пил мед и вино заморское:

Обед чинил про Князя Володимера,
Про всех гостей, про всех людей,

И садился Володимер Князь
За столы браные, белодубовые.

Втапоры повара были догадливы:
Носили яства сахарные, питья медвяные.

И будет день в половину дни,
Будет стол в половину стола,

Говорил он, ласковый Володимер Князь:
"Исполать тебе, честная Боярыня, благоразумная!

Употчевала меня со всеми гостьми, со всеми людьми;
Видел я дом ваш, видел злато и серебро,
Не видал я только вашего алмаза многоценного!"

И эти слова были знаком к выводу на показ дочери хозяйской.

И она подносила Князю чару зеленого вина; да не медлил Князь, испивая и быстро смотря на девицу, горевшую от стыда; он торопился дарить ее ласковым словом, серьгами и увяслами, а не сердцем...

Не находил он того, что желал. Нигде не встречал красной девицы, которую видел в храме Волосовом.

Потеряв надежду, послал Слов к Полтескому Князю Рогвольду просить у него дщерь младую, лепую, в жены себе. Грустно рассчитал он, что этот союз прекратит постоянные раздоры Новгородцев с Плесковцами за рыбную ловлю на озерах, находящихся в вершине Лопати.

Между тем Добрыня отправился покорять Чудь белоглазую.

Послы Владимира прибыли в Плесков, приняты были с честию, читали грамоты от Князя и Великого Новгорода. Дело шло на лад; но в то же время приехали послы и от Великого

Князя Киевского. Братья как будто сговорились. Рокгильда была предметом того и другого посольства. Честолюбивый Свей[9] рассчитал по пальцам выгоды свои и предпочел Великого Князя. Ярополковы послы отправились обратно, Владимировым медлили давать ответ; но Новгородцы поняли, в чем дело. Торжественно и всенародно назвали они Конунга обманщиком, плюнули в глаза его Диарам и ускакали.

Гордость потомка Гефионы взбурилась. В надежде на помощь Великого Князя Киевского, он послал стрелу[10] по всей власти своей собрать громовую тучу на Новгород. Между тем послы Киевские возвратились с книгами писаными и дарами Ярополку от Рогвольда; прибыли вслед за ними и послы Рогвольдовы просить рати против задорного Новгорода.

Думцы Ярополка, а потому и сам Ярополк, были рады случаю; в Киеве уже собиралась рать, готовая идти с ответом на требование Владимира разделить Деревский удел или заменить его соседними землями Новгороду.

Гонцы поскакали во все стороны. От востока, от полудня и от вечера потянулись рати на Новгород.

Собралось Новгородское Вече; кричат Новгородцы: "Да будет клят от бога и умрет своим оружием, кто не станет грозою на врагов наших и врагов Владимировых!.. Изоденемся оружием, братья, понесем на тулах, в налушнях и во влагалищах острую, смертную дань Киеву и Плескову!"

Но тяжки дела Новгородцев. Добрыня еще не возвратился из Чуди, где были главные силы Новгорода, не предвидевшего раздора с Киевом, не боявшегося Плесковского Князя Рогвольда; а Рогвольд уже шел на Новгород, а слухи о сборах Ярополковых уже были страшны. Владимир почуял грозу, отправил гонца к Добрыне, послал новобраную рать против Плесковцев; а сам простился с Новгородцами, завещал им мужество неослабное для защиты воли Новгородской, и сел на червленый Сокол корабль — бока словно ребры у зверя великого. Сорок вёсел вспенили Волхов; тонкие, полотняные

---

9 Швед; Рогволд происходил из Скандинавии.— А. Б.

10 Знак войны у индоевропейских народов. — А. Б.

паруса вздулись. Плывет корабль в Варяги; скоро поклонился он от быстрого Волхова Неве чреватой, проезжал уже Ботну... Вдруг, откуда ни возьмись, вражьи ладьи Свейские... Тщетно вспели тетивы у тугих луков, напрасно взвыли, посыпались частым дождем каленые стрелы: нападение было неожиданно, внезапно, и Сокол Владимиров был пленен.

Возгоревала душа Владимира, восплакала, а очи сухи у Князя.

— Слушайте, — говорит он Свейским людям, — есть у меня много серебра и золота, черных соболей и бурых бобров; богатый выкуп дам вам, отпустите только; не отпустите, везите меня к своему Королю Свейскому: только ему скажу я свое имя.

Повезли Владимира в Упсалу к Конунгу Свейскому; быстрый шнек рассекает волны, Свейские гребцы поют песнь победную.

XI

Весеннее солнце золотит воды великого полунощного моря, дружно перекатываются волны по струям умиренной пучины, голубой, как небо; выказываются они из глыбы, как лики седых старцев; появляются в виде древних нимф с клубящимися рассыпными кудрями; гордо раскидывают радужный павлиновый хвост; налетают на быстро несущиеся по течению льдины и рассыпаются по ним как жемчуг.

Вдали возвышаются, над поверхностью холодного моря, берега Фэрейские[11], древнее Туле[12].

Более двадцати островов, которых холмы покрыты лесами, кажутся разбросанными по равнине священными дубравами, осеняющими валы высоких зубчатых стен и бойницы древних зданий.

Но чем ближе к берегу, тем более делится дружная толпа островов, тем живее кажутся предметы, как будто освещаясь от

---

[11] Фаррерские острова. — А. Б.

[12] Исландия. — А. Б.

приближения взоров человеческих. Уже отделяется черный лес от зеленого холма, уже стелются по долинам пестрые ковры, задумчиво стоят скалы, увенчанные зеленью; иные склонили отяжелевшие главы свои, над которыми пашутся две-три вековые сосны, как еловцы богатырского шлема; уже над утесами образуются гордые замки; невидимая рука обводит резкими чертами стены, сторожевые башни, зубцы, амбразуры, шпили, узорчатые прорезы, навесы, выходы, крутые кровли, мосты подъемные,— быстро оттеняет все предметы, набрасывает на них свет и краски, и вы не сводите взоров с чудного здания, принадлежащего владетелю Фэрея, могущему Зигмунду Брестерзону.

С женою своей прекрасной Торальдой и с приехавшим из Свей другом Оккэ сидит он подле камина в великолепной зале Норманнской архитектуры. Свод залы разделяется на четыре купола; и кажется, что они, желая найти себе опору внутри здания, столкнулись, срослись и повисли над срединою залы, поддерживая общими силами медный кандалабр над круглым дубовым столом, стоящим посредине. Наружная стена из узорчатых окон; боковые стены до половины покрыты резным черным дубом; на возвышении одной ступени сделаны ряды бесед, покрытых рытым трипом; в средине правой стены огромный камин; труба с широким навесом, украшенным Туреллами, выдалась вперед; огонь в камине потухает только на три летних месяца.

— Пей, Оккэ! — произнес Зигмунд, взяв со стола серебряный бокал, который наполнила пенистым вином Торальда. А бокал, налитый рукой прекрасной женщины, был большою честью гостю: вино более пенилось, становилось пьянее. А Торальда, эта простодушная любовь Норманца, прекрасна была, в повязке, похожей на шлем рыцаря, лежащей на русых косах, с блистающим венком вместо орла, львиной головы или перьев; стройна была подшитым золотом корсетом, перепоясанным широкой золотой тесьмою, из-под которой, как водопад, струились складки голубого бархата; две поручни оковывали каждый рукав, пушистый и белый, как пенистая волна.

— Пей, Оккэ,— повторил Зигмунд.— Пей! черной думой не потушишь горя! Слезами только можно унять слезы! а виноград есть слезы Фреи. Каждый год плачет она о погибели Одина.— Пей, Оккэ!

— Да! — отвечал Оккэ, вздыхая.— Сладки, утешительны слезы, которые льет рука, а не очи дружбы и любви; а слезы Мальфриды, горькие слезы! их пьет злодей отец ее!.. Но этот бокал посвящаю я мщению!..

Оккэ ударил бокалом о стол, вино вспенилось, зашипело, искры запрыгали.

— Найду я в сердце друзей участие или нет?.. обнажат они мечи свои за меня или нет... все равно! Оккэ не перенесет обиды, как раб!.. Зигмунд! руку!

— Вот тебе рука моя! — отвечал Зигмунд.

— Чокнемся!.. О, ты дивный человек! ты без опыта понимаешь муку безнадежной страсти! Я изгнанник из моей родины, лишен моих ленных владений: на то была воля Эрика, отца Мальфриды; но изгонит ли он меня из сердца дочери своей? Торальда, ты должна сказать мне про то, ты женщина — ты знаешь женщин!

— Я не знаю Мальфриды, но если она тебя любит...— отвечала Торальда, облокотись на плечо Зигмунда и преклонив свою голову к его голове.

— Доканчивай!.. но я опишу тебе Мальфриду! — вскричал Оккэ.— Она дочь Конунга...

— Дочь Конунга! — прервала Торальда с удивлением.— Ах, это великая особа!

— Да! дочь Конунга! — продолжал Оккэ.— Она сказала вассалу отца своего: "Я буду Блотадой, Оккэ, или женой твоей! отец может избрать первое, я избираю второе!" О, эти слова как руны неизгладимы и сбудутся, как предвещания Скульды!.. Но покуда я жив, Мальфрида не облечется в белую одежду, не наденет на себя непроницаемого покрова!..

— Это ужасная участь! Как должна теперь страдать Мальфрида! — произнесла сквозь слезы Торальда.— Я не знала подобного несчастья, и ты, Зигмунд, не страдал от любви ко мне. Помнишь, когда ты и брат твой жили у отца моего? Отец мой Ульф так любил тебя и матушка Рагнхильда также любила; она никогда и не думала бы отказать такому храброму мужу, как ты. Помнишь, когда ты в горах убил медведя, батюшка Ульф сказал так: "Это есть одно героическое деяние!" и прибавил еще: "Зигмунд много великих дел произведет!" И он правду сказал. Когда ты вырос и приобрел силу и мужество, то сказал отцу моему: "Теперь уже, любезный Ульф, опекун мой, время мне и брату и других людей знать, править конем и ратовать; пойдем мы к Олофу Тригвазону, который вызывает к себе на службу многих рыцарей". Ульф сказал на то: "Так должно случиться, как вы сами желаете!" И тогда одел он тебя в воинскую одежду; о, как мы тогда плакали! Потом пошел отец мой провожать вас до Доврефьельда, откуда виден уже и Оркедаль; тут сел он отдохнуть, и вы сели; и рассказал он вам, как вы ему достались от Бонда Торальда, который вывез вас младенцами из Упландии; а ты ему сказал: "Чудное дело это, любезный опекун; а я тебе хочу сказать, что я не добром заплатил за твою опеку, потому что твоя дочь сказала мне, что она непраздна и что этому виноват один только я..." — "Знаю, — возразил тогда отец мой, — я замечал вашу любовь, да не хотел запрещать ее..." Ты тогда сказал: "Потому-то, любезный опекун, я и хочу просить тебя, чтоб ты Торальду ни за кого другого не выдавал замуж, кроме меня; ибо я хочу иметь ее женою, и другую не желаю иметь..." Батюшка Ульф согласился; а ты обещал возвратиться; и чрез три года исполнил свое обещание, и возвратился знатным уже и богатым мужем, получив от Норвежского Короля в лено Фэрей и много золота и одежды. Тогда и мне привез различные дары и красного бархату на платье...

Еще не успела кончить простодушная Торальда рассказа, вдруг раздался на вестовой башне звук рога.

— Друзья или неприятели плывут к острову?.. Тем и другим готовь прием! — сказал Зигмунд, стукнув кружкой по столу.

Вскоре вошел усатый воин.

— Купец Рафн приехал! — сказал он, остановись подле дверей.

55

— Рады! — отвечал Зигмунд.— Зови его в гости ко мне!

Воин вышел.

— Это мой вестовщик; привозит со всех сторон товары и новости,— сказал Зигмунд.

Вошел человек в круглой, серой, с огромными полями, шляпе; узкая, черная одежда, с малиновыми буфами на рукавах, под поясом и на коленях, обрисовывала живой стан его; на широком ремне с бляхами, опоясывавшем его, висела короткая спада; по плечам расстилался белый воротник; на ногах были башмаки. Окинув всех быстрыми очами, он снял шляпу и произнес к Зигмунду:

— Да разольется благополучие на твоем доме и на потомстве твоем, высокородный Зигмунд! И тебя, Торальда, прекраснейшая из всех, тем же приветствую!

— Какие новости, Рафн? возьми этот бокал, пей и рассказывай.

— Время идет не к лучшему, товары вздорожали, торг упал; но много ценных мехов привез я тебе, высокородный Зигмунд, из Рейсландии.

— Что там делается?

— Доброго мало! Союзник ваш Вальдимир в плену у Свейского Конунга.

— Как? — вскричали в один голос Зигмунд и Оккэ.

— Вот как случилось это,— продолжал Рафн.— Между братьями Вальдимиром и Яриплугом возгорелась вражда за наследство после третьего брата Олофа; с Яриплугом соединился Рогвольд Плоксландский. Вальдимир ехал звать тебя и Олофа Тригвазона на помощь; но чрез Зунд нет проезда; Стирбиерн, племянник Эрика, обманул дядю, сказав ему, что он будет преследовать только Викингов; вместо того он грабит и пленит всех проезжих. Кажется, что Эрик сам на себя дал ему в руки меч.

— Конунг Валдимар в плену у Эрика!.. Его должно выручить или выкупить! — вскричал Зигмунд.— Яриплуг, соединившись с Рогвольдом, может соединиться и с Эриком... тогда ему будет легко покорить море и нашу независимость!

— Но ты один ничего не сделаешь Эрику,— сказал Рафн.

— Здесь кроме недруга есть враг Эрика! — произнес гордо Оккэ.

— Кланяюсь высокородному Оккэ! — сказал Рафн.

— Ты, Рафн, почему знаешь меня? — спросил Оккэ.

— Молвою земля полнится. Я только что из Упсалы; там узнал я две новости: одну ту, которую никто, кроме меня, не ведает, что Конунг Вальдимир привезен пленный; другую ту, что Оккэ изгнан Эриком из Свитиода за свою пламенную, истинно рыцарскую любовь к Мальфриде. Говорят также, что для посвящения Мальфриды в Блотады готовится великое торжество.

— Зигмунд, не медли для дружбы! — вскричал Оккэ.

— Но, высокородный рыцарь, тут силою ничего не успеешь; на Эрике крепки латы, а у городов его крепки стены. Мой совет таков: где сила не берет, так берет хитрость.

— Постыдное средство! — вскричал Зигмунд.

— Точно такое же, как твои могучие плечи и твой меч Зигмунд, — сказал Рафн. — У кого нет рогов и клыков, тому дана уловка. Надо же как-нибудь сохранить равновесие между силой и бессилием. — Должно поспешнее уведомить Олофа Тригвазона; ему Гардарикия как отчизна мила, а Владимир друг. Эта новость огорчит его, он верный помощник наш. Оккэ, в Упсале теперь две жертвы: Мальфрида и Владимир; их должно выручить.

— Рафн говорит правду, Зигмунд, — сказал Оккэ. — На море ты второй Грим; но на твердой земле Эрику ничего не сделаем. Ни силой, ни добрым словом не взять нам Владимира и Мальфриды.

— Употребляйте вы какое хотите средство, я только вам помощник, где извлекается меч по звуку рога, — отвечал Зигмунд и призванному Ярлу отдал приказ вооружить сто пять десятивёсельных шнеков.

— Зигмунд, ты опять оставляешь меня! — произнесла печально Торальда.

Зигмунд обнял жену свою.

Между тем Оккэ и Рафн переговорили между собою.

— Зигмунд! — сказал Оккэ. — Вели передовым твоим судам

идти под флагом купеческим в Упсалу вслед за судном Рафна; а ты с остальными следуй за нами двумя днями позже. Проходи Зунд под мирным флагом, известив Свеев, что идешь на службу в Гардарикию, в наймы к воюющим Конунгам Русским.

— Делайте что хотите, а я помощник вам там, где нужен меч! — повторил Зигмунд и приказал наполнить опорожненные куфы и подать другие бокалы.

— Зигмунд, ты опять оставляешь меня! — повторила сквозь слезы Торальда.

Не отвечая ни слова, Зигмунд поцеловал слезу Торальды.

XII

Когда сказали Эрику, что взяты в плен три корабля, принадлежащие Русским Викингам, и между пленными есть муж высокой породы, который не хочет сказать своего имени никому, кроме Конунга,— в то время Эрик был огорчен слезами и просьбою дочери своей посвятить ее в Блотады. Ничто не занимало его, и он приказал заключить пленника в северную башню своего замка.

Прошло несколько уже дней, во время которых Владимир, под мрачным сводом башни, один с глубокою своей думой, сидел подле разжелезенного окна и внимательно смотрел на пучину вод. Отдаление казалось так спокойно, так близко к небу; а под стопами башни волны кипели, рвались, разбивались о граниты. В отдалении солнце, луна и звезды отражались, как на неподвижном стекле; а под стопами лики их мерцали беспокойно, лучи дробились, рассыпались по поверхности вод. В отдалении корабль плыл так гордо, раскинув как лебедь крылья свои; казалось, что ветры ласковы к нему, а волны обняли его дружескими объятиями; но под стопами бьются уже о гранит остатки снастей и крепких ребр гордого корабля.

Когда согласие на просьбу дочери утишило горесть Эрика, он велел призвать к себе Владимира.

Величественная наружность его удивила Эрика.

— Спросите его, на каком языке может отвечать он на вопросы мои? — сказал Эрик, обратясь к окружающим.

— На твоем, Конунг, — отвечал Владимир на Свейском языке.

— Кто ты, муж благородный? — спросил Эрик.

— Если б я был гость твой, тебе бы нужно было знать мое имя; но знать имя пленника нет пользы; спроси лучше, какой выкуп дам я за себя.

— Ты кладешь сам на себя дорогую цену.

— Потому что ты продаешь чужой товар и не знаешь ему цены.

— За дар свободы я хочу знать — кто ты?

— Если б ты купил мою свободу на поле битвы, ты знал бы ей цену и, может быть, не был бы так щедр; но я неправого полону не признаю; тебе нечем меня дарить; возьми, если хочешь, выкуп, а до имени моего тебе нет нужды.

— Но если я узнаю имя твое? — произнес Эрик, улыбаясь.

Владимир взглянул на него с удивлением.

— Не знаю, кто бы тебе сказал его.

Эрик приказал всем удалиться и продолжал:

— Садись, я знаю, кто ты; гордость твоя не допускает соединить имя Зигмунда Фэрейского с словом пленник; но ты теперь гость мой, садись!

— Гость нежданный, и не Зигмунд, а Владимир Князь Великого Новгорода.

— Владимир! — вскричал Эрик, — Вот странный случай! но для чего Владимиру разъезжать по морям, подобно Викингам?

— Я тебе расскажу причину, Эрик; я не с товарами ехал и не наниматься в службу, — отвечал Владимир.

Эрик велел подать золотые бокалы и вина. Из тронной залы перешел он с гостем в рыцарскую Биор-залу, названную в честь Биор-залы бримера; сели подле круглого стола, налили кубки, и Владимир рассказал причину поездки своей к Олофу Тригвазону.

— Если б я знал твой нрав, Эрик, я бы не минул сам твоих тихих заводей, — прибавил он.

Эрик предложил ему дружбу, братство, корабль для

поездки в Нориге и обещал хранить в тайне имя его; но просил пробыть у него в Упсале юбилей в честь Инге-Фрея.

Владимир согласился.

Это празднество совершалось чрез каждые семь лет в воспоминание Инге-Фрея, внука Одинова, построившего в Упсале, в 220 году, храм по образцу Азгардского храма, коего описание сохранил Платон.

Сей храм стоял на возвышенном холме и обведен был Ормуром, чешуйчатой стеною, уподоблявшеюся священному Дракону, который, свернувшись, обнял собою вершину холма. Огромная пасть Змея служила входом в пространный двор, посреди коего возвышалось крестообразное здание с бесчисленными верхами и иглами. Каменные поседевшие стены изрезаны были рунами и изображениями. Пред входом был подъемный мост на гранитных цепях; каждое звено было в две пальмы длины и в полторы ширины, и предание говорило, что каждая цепь вырублена из цельного камня. Преддверие составляли два отдельных столба. Круглый свод уподоблялся радуге, по которой неслась четырехконная колесница Тора, увенчанного лучами солнечными. Вправо от преддверия возвышалась необъятной толщины сосна, насаженная самим Инге-Фреем, как символ постоянного блага; из-под корней ее истекал чистый источник. Это семисотлетнее дерево обнесено было оградой, и перед ним теплилось пламя на жаровне жертвенника.

Под сводом алтарэ, испещренным резьбою, золотом и разноцветными камнями, и под драгоценным навесом, на возвышении, устланном шелковой раззолоченною тканью, стоял тройственный престол. На верхней беседе восседал Один в венце с тремя золотолиственными ветвями. Образ Одина осенен был густыми ниспадающими волосами и бородой; левая рука его лежала на плече Тора, сидящего на второй беседе, одною ступенью ниже. Над главою Тора был блестящий лик солнца, усыпанный светлыми камнями. На третьей беседе, ниже Тора, восседала Фрея, божество любви. На главах Тора и Фреи также короны, одежда испещрена сокровищами, руки воздеты к небу, десница указывает на Одина.

В нишах Алъга, по сторонам, стояли на подножиях истуканы 12 Диаров Одиновых, верховных судей Хеймдалла.

Когда Владимир и Эрик вступили в храм, сопровождаемые двором и народом, — которого толпы в тишине стекались со всех сторон к святому холму, — на хорах раздались звуки цимбалов и Ваалхорнов.

Главный жрец, в позлащенной широкой ризе, с главуком раздвоенным, с накинутою белою пеленою на левое плечо, приступил к Блут-болле пред жертвенником и стал совершать жертвоприношение от семи начатков животных, птиц, плодов и растений. 12 жрецов, обступив его с обеих сторон, держали над ним, на золотых жезлах, изображения 12 созвездий; каждое заключалось в трех обручах, усеянных золотыми звездами.

Между тем громогласный хор Гальдраров пел волхования Одиновы:

Знаю я песнь, звуки ее, как щит от стрелы, от копья и меча;
Колеблется твердь, в небеса заплескала пучина.
Шипит Ормургандур, цепями звуча;
Но в мир тишиной пронеслась песнь Одина!

Знаю я песнь, звуки ее, как семя, падут на поля;
Ложатся на нивы росой благотворного неба;
И тучную пажить приносит земля;
Волнуются морем колосья насущного хлеба!

Знаю я песнь, звуки ее внятны — для слуха Мидгардских жильцов,
И в недрах земли, и в глыби морей, в колыбели и в гробе, —
И глухорожденным, и праху отцов, —
Младенцам в святой материнской утробе.

Когда жертвоприношение совершилось и пламень обнял непорочные жертвы, Блотад оросил чашу Лаут-боллу кровью, почерпнул освященного вина, испил сам во здравие богов и поднес Эрику, Владимиру и знатнейшим спутникам Конунга. После сего вошел он на кафедру и читал поучения Одина.

Потом, опустив руку в урну, стоявшую подле него на треножнике, вынул строфу пророчеств Сифы, начертанную Фимбультиром на медных досках, и прочел:

Солнце чернело, тонула земля,
Падали светлые звезды;

Боролись стихии друг с другом,
Вздымалися волны до неба.

Но чудище воет в пучине огня;
Видит, что все возвращается снова в пределы:

Земля показалась из вод, раскинулась зелень по Иде,
Буря прошла, орел воспарил,
На горах раздались добровестные звуки!

Обряд кончился; вышли из храма. Эрик повел Владимира в свои чертоги, угощал его под именем посла Конунга Гардарикии и полюбил его как сына.

На пирах видел Владимир меньшую дочь Эрика, Мальфриду; красота ее поразила его, хотя память о неизвестной деве Новгорода в нем еще не потухла.

Беседуя однажды, Эрик заметил, что дочь его нравится Владимиру; он сам предложил ему Мальфриду и как будущего зятя повел его в залу предков.

— Поклонись со мною,— сказал он,— царям древнего царства.

И они вошли под своды пространной мраморной храмины. В простенках узорчатых окон, украшенных разноцветными стеклами с изображениями подвигов Свейских Конунгов, висели образы их в золотых рамах, обставленных оружием и трофеями побед их. Под каждым стояла гробница под пурпуровым балдахином; на каждой гробнице лежала корона и меч.

Но в глубине храмины, на возвышении, в нише, украшенной резным золотом, стояла гробница из черного мрамора; шелковый покров ее, на котором видны были следы Рунических знаков, истлел.

— Поклонись, Владимир! — произнес Эрик, подходя к гробнице, сложив на грудь руки и преклоняя голову свою.— Здесь лежат письмена законодателя нашего Одина, изведшего нашу землю из глубины морей и вложившего в недра ее золото. Никто не постиг сих письмен, принесенных с Востока: буквы и смысл их таинственны; только Один понимал их. Древнее предание говорит, что это — писание о начале, продолжении и конце мира, погребенное от потопа в граде солнца, первом и древнем Азгарде, который был в стране Азаланд, погрузившейся в море, после царения богов на земле.

Эрик снова поклонился гробнице, заключающей в себе книгу судеб; потом повел Владимира в оружницу и остановился пред огромными доспехами, лежавшими на мраморном подножии, под балдахином.

— Вот,— сказал он,— доспехи нашего праотца Геоа Хельг-Атта. Не было в мире силы, которая преодолела бы его, но праща хитрого Давыда поразила его; он пал, пало с ним и могущество наших предков на Востоке. Бог Израиля все покорил и покорит,— продолжал Эрик, воздыхая. Злые Папы сеют уже раздор и нечестие по земле Свейской.

Эрик прервал слова свои; но, вошед в небольшой покой, которого стены были увешаны драгоценными доспехами и оружием, продолжал:

— Ты, Владимир, можешь быть мне помощником, я рад твоему приезду; против брата твоего я дам тебе помощь, Гардарикия будет твоею; достоин ты царствовать по всей Русской земле; но, в замену, ты заодно со мною должен восстать на Папеж. Не слабою женой уродилась моя Мальфрида; не лестию хвалю ее, а правдой. Красота ее славится; кроме златой одежды носит она железную; умеет она управлять копьем на играх Торнера[13]; спадарь ее не легок, он принадлежал предку

---

[13] Турнир, военные игрища на праздниках Тора. (Прим. Вельтмана.) В действительности происходит от франц. tournoi — состязание в ловкости и силе.— А. Б.

ее Инге-Фрею и в руках его испил крови на берегах Греческого моря. В туле ее только 12 стрел; но ни одна из них не отставала от орла под небом и от серны в скалах горных; как верные соколы, возвращались ее стрелы к ногам охотницы с добычею. Вот ее золотая бринна, до которой не касались еще ни меч, ни копье противника, как до сердца Мальфриды любовь мужей, искавших ее руки. Ты будешь первым, Владимир, пред которым снимет она с себя вооружение и явится в образе слабой женщины.

— Конунг,— отвечал Владимир,— ты еще не спросился сердца твоей дочери, по душе ли я ей; а над чужой душою нет земной власти.

— О, она пойдет по тому пути, который я покажу ей. До сих пор мое желание было посвятить Мальфриду в невесты храма; святая Фрея избрала бы ее в голубицы свои; священна обязанность Блотгидии[14] , но я предпочитаю счастье иметь такого сына, как ты, и самая польза двух сильных царств требует этого союза. Тебе грозит Киевское Княжение; Руссам грозят Половцы и Греки, а мне Римские власти. Завтра представлю я тебя как жениха моей дочери.

И Владимир ждал с нетерпением нового дня. В этот вечер, беседуя с Эриком, он не мог допить бокала, поднесенного ему будущим тестем. Песни Торвальда Гиалдазона о любви храбрых рыцарей наводили на него глубокие думы; ранее обыкновенного он пошел в свои покои и сел подле окна. Море плескалось в стены замка, даль темнела... Вдруг послышались ему другие звуки, другой голос, голос женщины в ближайшем флигеле замка.

Бельт темноводный, Белы суровый,
Дракон Ниорда, что утих?
К тебе поток клубится новый,

---

[14] Блотгидия иди Блотада. В древней религии Скандинавов жрец назывался Blotgude; жрица — Blotgudià; B lot значит богопочитание, жертва; впоследствии приняло общий смысл кровь; gode или guage — священник.

Поток горючих слез моих.
Дракон Ниорда! для защиты
Тебя лишь дева изберет,
Ужель ее, как челн разбитый,
Ты выбросишь из недра вод?

Когда голос утих, Владимир долго еще прислушивался к звукам, припоминал слова, твердил их наизусть. "Кто может так петь, кроме Мальфриды, — думал он, — какая печаль, кроме любви, привьется к сердцу красавицы?.. Мальфрида любит... Мальфрида грустна, печальна..."

В сердце Владимира родились сомнения.

Вошел паж, доложил ему о приходе купца, который приехал с Новгородского торга и предлагает купить по дешевой цене драгоценные меха и товары.

— Из Новгорода! призови его! — произнес Владимир, вспыхнув и устремив неторопливые взгляды на двери.

Купец вошел, поклонился, сняв свою шляпу с огромными полями, погладил свою бороду, лежавшую на белом нагруднике, окинул быстрыми черными очами Владимира и пажа, находившегося при нем, и произнес:

— Купец Рафн желает многого здоровья знаменитому мужу! Что благоугодно купить ему?.. Есть у меня новые товары и новые вести; есть драгоценные камни, перлы, индейские ткани, бальзам Ерусалимский, розовое масло Измира, меха Русские, новости Новгородские... Что угодно купить знаменитому мужу?..

— Давно ли ты из Новгорода?..— спросил Владимир, прервав его речь.

— В нарождение нового месяца... Торг был для меня выгоден; меха могу продавать в половинную цену против прежней; Новгородцы сбывали товары свои нипочем: сто марок выменял на тысячи; готовятся воевать с Полоцким Князем да с Киевским. В народе смута. Князя Владимира нет> куда-то уехал, а Добрыню изгнали, говорят: "Ты нам не Князь, мы тебя не призывали". Чудный народ! своим судом судится.

Владимир с трудом скрывает хвое смятение.

— Еще что? — спросил он.

— Есть у меня еще разные товары и новости; да если б, знаменитый муж, приказал ты этому молодцу подать мне бокал вина, я бы скорее припомнил все, что есть за душою.

Владимир приказал пажу принести кубок вина. Едва паж вышел, купец Рафн, проводив его глазами, снова поклонился.

— Теперь купец Рафн желает здравия Конунгу Владимиру...

— Почему ты меня знаешь? — вскричал Владимир.

— Знаю я тебя по Новугороду; но не о том дело, узнаешь все после; мне поручено от Зигмунда Фэрейского отдать тебе поклон и сказать, что его корабли ждут тебя под флагом близ Упсалы, а Новгород ждет тебя под своими стенами. Мы думали, что тебя труднее будет извлечь из неволи, но я вижу, что ты, но крайней мере по наружности, кажешься не пленником, а гостем; тем легче тебе будет воспользоваться предложением Зигмунда.

— Молви ему, не потребна мне помощь его; я открыл Эрику мое имя, и я принят им как гость, не лишен воли.

— Все знаю я; знаю и больше... Ты хочешь быть зятем Эрика; но эта честь не понравится Новгородцам. Свеи всегда были им не по сердцу, враги они и твоим друзьям Зигмунду и Олофу; новой дружбой потеряешь ты старую; а старый друг...

— Кто открыл тебе мои намерения? — вскричал Владимир.— Кроме Эрика, никто не знает их, и только Эрик может ставить мне сети, испытывая слово Владимира!

— Не сердись на Эрика. Эрик сказал дочери своей, а дочь мне, поверенному благородного мужа Оккэ.

— Говори, проклятый, твои замыслы, или я убью тебя! — вскричал Владимир, схватив Рафна за грудь и приподняв его на воздух.

Наружные двери заскрыпели; Владимир опомнился, опустил руку, отошел к окну.

Рафн, как будто сделав прыжок, стал снова на ноги. Паж вошел с вином.

— А теперь убедительнее заговорю,— произнес Рафн, приподняв кубок с подноса,— за здоровье знаменитого мужа!

— продолжал он.— Желаю купить у меня все за чистые деньги!.. ни в словах, ни в товарах моих нет подвоха; желаю также знаменитому мужу в жены Царь-девицу, красавицу, какой свет не производил!..

— Принеси еще вина! — сказал Владимир пажу.

— Это дело хорошее! если б и знаменитый муж опорожнил бокал, было бы лучше, вино — мирный судья, поход на весах.

Паж вышел. Рафн продолжал:

— Слушай, Конунг Владимир, Мальфрида любит Хертога Оккэ, он сватался к ней, Эрик не согласился отдать. Но, узнав про тайную связь дочери с вассалом своим, он исправил зло злом: отнял у Оккэ лено и изгнал его из Свей. Мальфрида принадлежит, по всему, Оккэ, и ты, верно, не захочешь называться отцом чужого ребенка.

— И это правда? — вскричал Владимир.

— Правда, которую я не имею нужды подтверждать клятвой; ее подтвердит тебе утро, если ты не поверишь мне; но уже будет поздно: до завтра спасти Мальфриду нет средств, над нею строгий надзор, Зигмунд и Оккэ еще в море; а завтра от бесчестья она избавится смертью.

— Чего же ты волишь?.. отреченья моего?..

— И это поздно; дал слово, не бери назад; про то, что ты узнал от меня, верно, не скажешь отцу, а отречением без причины себя погубишь. Эрик мстителен, он острамит имя твое и голову на плахе...

— Все равно,— произнес равнодушно, но гордо Владимир,— правду сказал ты мне?

Рафн приложил руку к сердцу.

— Я отрекусь от дочери Эрика,— продолжал Владимир,— завтра он узнает мое намерение. Ступай, кланяйся Зигмунду и другу его Оккэ! скажи, что Мальфриду могут они похитить, а Владимир не побежит тайно из Упсалы!..

Рафн сложил руки и молча смотрел на Владимира, как на лик Одина, которому поклонялся.

— Владимир, ты муж великий, но не отринь молитву мою к тебе! — сказал он наконец.

— Чего еще ты хочешь от меня?

— Не отрекайся от Мальфриды. Объяви Эрику обычай своей земли, что свадьба должна совершаться в доме жениха; поезжай в Новгород, отрази врагов от стен его; Зигмунд идет на помощь к тебе, с ним сто лодий морских; Олоф Тригвазон не замедлит явиться; Эрик также даст будущему зятю войско; Новгород ждет тебя, а об Мальфриде, которую как невесту отправят вслед за тобой, ты не заботься, тайна между мной и тобой...

Щеколда дубовых дверей стукнула, Рафн умолк, в душе Владимира крылась торопливая дума. Вошел паж с подносом.

— Заключен ли торг, благородный муж? — произнес Рафн.

Владимир молчал.

— Проникни тебя святая истина Одина! он говорит: не разрывай первого союза с другом твоим; тоска, как ржавчина, источит сердце того, у кого нет иного советника, кроме самого себя.

Владимир молчал.

— Молчание есть предвестник согласия! — продолжал Рафн.— Вот драгоценное кольцо и ящик с перлами, за которые я не возьму денег до тех пор, покуда не уверится благородный муж, что перлы точно так же неподложны, как слова мои!

Рафн, вынув из-за пазухи и положив на стол драгоценные вещи, выпил бокал вина, поклонился и вышел.

ЧАСТЬ ВТОРАЯ

I

Бегут ряды черных шнеков по Бельту Свейскому морю; торопятся по поверхности вод, как морские чудовища; приподнялись их головы над хребтом, пасть разинулась, из пасти железные клыки торчат; вёслы, как ряды ног, дружно перекидываются; струя следа пушистым хвостом тянется, перйлы палубные унизаны щитами, за щитами гребцы сидят; на палубе кишат воины, а кормчий стоит на корме сторожко, правит ходом.

За передовым виндо-шнеком[15] идет стовесельный Ормур[16], светит медной чешуей, над кормою красный значок развевается, на носу крылатый змей с стальным жалом в челюстях.

Пробежали ряды шнеков Свейское море; закатились берега Свионии за хребет Бельта; пробежали шнеки и заводь Финингскую. При устье Нево, между островами, задний ряд шнеков начал отставать, свернул влево, зашел за остров, покрытый черным лесом, и притаился в заводи — не шелохнется; сторожевая ладья, высланная на путь, прилегла к темному берегу, смотрит в даль морскую.

Стоит отряд день, другой; на третий, около вечера, сторожевая ладья стрелой примчалась к красному трехмачтовому шнеку, на котором, облокотись о корму, стоял кто-то в вороной броне, на нагруднике две красные полосы.

— Nu kominn! едут? — вскричал он на Норманнском языке, подошед скорыми шагами к перилам.

---

[15] Шнеками назывались легкие суда. Виндо шнеками Вендские или Венетские (Финикийские) суда, на которых помещались и лошади. Сии суда употреблялись при наездах во внутренность земель. (Прим. Вельтмана) Винда шнек, парусное мореходное судно со сплошной палубой (в отличие от боевого драккара), винда от германского слова ветер, шнек судно. — А. Б.

[16] Мифологический Дракон, змея.

— Fioldi skip fyrer nevo! ok enu miki skip! — Много кораблей идут к Нево!

— Один огромный корабль! — отвечали из ладьи.

В далекой глади морской несутся на всех парусах несколько кораблей, орут море; за передовым плывет весь золоченый, хитрой резьбы, на золотых парчовых ветрилах играет солнце. Приблизяеь к островам, корабли опустили паруса, пошли на веслах, остановились, бросили якори, зажгли фонари.

Около полуночи шнеки, скрывавшиеся за островами, потянулись змеею около берегов под навесами вековых сосен и елей; подкрались к кораблям, обошли их, быстро набежали на них, с криком вцепились баграми в борт... "Wikingar! Wikingar!"[17] — закричала вахта. Но воины вскочили уже на палубы, овладели кораблями, прежде нежели кто-нибудь из находившихся на оных успел поднять меч для защиты.

Черный рыцарь вскочил на корабль золоченый. Кто противился, тот лег на палубе; пленные окованы. Торопится он в каюту. "Мальфрида!" — вскрикивает, бросая свой меч и принимая в объятия бежавшую к нему навстречу женщину.

— Оккэ! — едва произносит она, преклонив на грудь его голову.

Рыцарь прижал уста свои к челу прекрасной женщины.

— Погоди! здесь еще есть защитник ее чести! — раздался голос позади рыцаря... И долгая спада вонзилась ему в бок, между стяжек стальной брони. Он рухнулся, перекатился со стоном по помосту каюты...

Болезненные восклицания женщины заглушились возобновившимся стуком оружия на палубе. Неизвестный, в богатой одежде, обложенной буфами, с шитым золотом долманом на плечах, с золотою кованою цепью на груди, — отвлек ее от трупа.

Между тем стовесельный Ормур, с главным отрядом шнеков, продолжает путь на веслах. Юго-восточный ветр переменился на попутный западный, паруса раскинулись как крылья. Быстро летят вереницею шнеки вдоль по широкой

---

[17] Северные островитяне, морские разбойники.

Нево, проносятся чрез Ладогу-озеро, и на третье утро входят в устье Волхова; как стая лебедей, окружают они остров, на котором возвышаются светлые терема Ладоги.

Передовая ладья известила уже Ладожан, кто едет к ним в гости под дружным флагом. Народ сбежался на пристань, ждет светлого солнца. Вот золоточешуйчатый шнек причалил к берегу; народ взывает радостными кликами к Князю Владимиру, толпы идут навстречу ему в воду, сбрасывают подмостки, схватывают его на руки, несут в высокий терем Княжеский.

Веселится душа Владимира любовью Русскою; да горькая весть, как черный покров, ложится на светлые одежды его: Новгород во власти Ярополка, Посадники Киевские правят Вечем, Добрыня в плену.

Старейшие мужи и все купцы и гости Ладожские зовут Владимира на пир почетный.

— Нет! — говорит он. — Не время пиру! не на чем присесть мне; брат Ярополк лишил меня стола моего; добуду стол и поведу пир на всех людей моих, а теперь собирайте рать, острите мечи, стрелы и копья, помогите мне!

— Дивья за Буяном кони паствити, а за добрым Князем воевати! Повалим головы свои за тебя! — кричит народ, бьет челом, и с шумом растекаются огнищане, гридьба и купцы по домам от двора Княжеского; идут брать оружие.

Владимир с нетерпением ждет известия об отряде Свейского Короля; черная дума на челе его; с вышки смотрит он часто на даль, где Волхов сливается с Ладогой.

На четвертый день забелели издали паруса, как стадо пеликанов. Прибежала передовая ладья с вестью к Владимиру о приезде Свейского Посла Греффэ[18] Ингиельда Киннагольма.

Владимир и Зигмунд посмотрели друг на друга в недоумении.

Несколько кораблей приблизились к Ладоге.

— Я вижу только золоченый корабль Конунга Эрика, за ним тянутся пять Свейских кораблей и мои два шнека с

_____

[18] Граф, значит старый, старейшина.

опущенными флагами!.. что это значит! — вскричал Зигмунд.— Оккэ, Оккэ! неужели ты погиб! а Мальфрида!.. где же Мальфрида?.. Приехал Киннагольм, а об ней ни слова!

Отроки Княжеские донесли Владимиру о прибытии Посла; Владимир приказал звать его. Герольд посольский, сопровождаемый посольскою свитою, вошел и возгласил:

"Благородный Кароль Ингиельд Киннагольм, Греффе и честь великого двора Свионии, Великий Маршалк Верховного Конунга Свионии и Готландии, Дроттара и Блотада Эрика Сегегсела, Ярл Торгеборский, Герзе[19] Тиуста и Болмсе, рыцарь двора и меченосец ордена Оденс-Гвардиан!.."

Вслед за сим объявлением, сквозь ряды свиты и гридней, приблизился к Владимиру Киннагольм. После обычного приветствия от Конунга он просил Владимира выслушать его без свидетелей.

Владимир приказал всем удалиться, кроме Зигмунда.

— Конунг Владимир,— говорил Киннагольм,— дочь Конунга Эрика Сегегсела, твоя названая, ожидает твоих повелений. Она на корабле. Преступившая честь и убитая горем поносной страсти, она не смеет явиться пред тобою. Так, при всех она не постыдилась лобзать холодный труп изгнанника Оккэ!

— Оккэ! — вскричал изумленный Зигмунд, едва удерживая порыв любопытства.

— Да! того Оккэ, который осмелился требовать руки Мальфриды; изгнанный из Свеарикэ, лишенный лена и чести, осмелился он еще более быть преступным: с Викингами напал он внезапно на отряд кораблей, вверенных мне; но наказан этим мечом. Если б открыто напал он на нас, чтоб купить своею кровью желаемое, я бы не поносил его дел; но он успел тайно условиться с Мальфридой... по ее воле мы остановились подле засады, в устье Нево; как разбойник окружил нас Оккэ во время ночи, овладел кораблями; но, к счастью, подошли в это время следовавшие позади боевые корабли мои, они выручили нас, а

---

[19] Также почетное звание, значившее в старину Придворный и, кажется, произошедшее от Герцог.

между тем Оккэ уже плавал в крови своей. Но аскеманы[20] не дались легко в руки, битва была сомнительна. Дорого стал Оккэ первый поцелуй любви! дорого стоит и мне победа: злодеи зажгли свои шнеки, успели бросить огонь и в мои корабли; от пожара спаслись только: корабль Конунга, два шнека неприятельских и Свейских пять. Я хотел возвратиться назад с Мальфридой, вести ее к отцу, но она умолила меня продолжать путь в Гардарикэ; ей страшно проклятие отца... Я исполнил ее волю, и теперь, что прикажешь о ней делать и какой будет от тебя ответ в Упсалу?

— Мальфрида останется здесь, под моим покровом!.. Ответ Конунгу дам я в Новгороде, — произнес Владимир отрывисто.

Темные мысли лежали на челе его. Он приказал удалиться Киннагольму.

— Оккэ поступил нечестно! - сказал Зигмунд Брестерзон, когда вышел Посол. — Я не жалею об нем; он должен был встретить корабли в открытом море; но судьба Мальфриды ужасна!.. Ее жизнь померкла!.. и ей дорого стоил первый поцелуй любви!

Владимир не отвечал на слова Зигмунда. Думы его мрачны, не к добру идет время! надежда на помощь Эрика исчезла, у Владимира мало рати.

Но вооруженные люди сбираются из волости в Ладогу; готовы идти с Князем все, от мала до велика, юный и старый. По обычаю земли, посылает Вече вопросить у вещунов Холмоградских: будет ли Владимиру добрая часть[21] в брани.

"Добро будет и часть, ожо спадет Звезда на помочье ему!" — дают отпет вещуны Холмоградские.

Приносят ответ Владимиру; он сидит -за браным столом с Зигмундом, с Боярами и с старейшими мужами своими: они заботятся согнать черную думу с лица его, призвали к столу мимошельца Гусляра; умеет он звонкие песни петь, хвалить, славить, тешить Князей и Бояр, сказки рассказывать и гадать.

И был уже стол в половину стола, вдруг вносят что-то

---

[20] Корабельщики, мореплаватели.

[21] Часть — в старину значило участь, счастье; "часть тебе добрая".

покрытое на блюде золотом. Два посланца, возвратившиеся из Холмотрада, кланяются в пояс Владимиру.

— Святой каравай прислал вещун хоромный Холмоградский, чествует тебя, Княже Володимер, и сказал: "Добро будет и часть, оже спадет Звезда на помочье тебе!"

Не понимает Владимир ответа вещунов и не хочет понимать. Каравай, обрызганный кровью, разрезывают на части, подносят Князю и всем его людям.

— Кто же из вас, мудрые мужи, смысленные, даст толк словам божьим? — спрашивает Владимир.

Никто не постигает, откуда может ниспасть помощь Князю Владимиру. "То, верно, говорят, от Варяжского Конунга Олофа".

— Не то говорите вы, мудрые, смышленые мужи Княжеские! — перерывает речи мимошелец Гусляр.— Скажу лишь я правду истинную светлому солнцу, да не теперь, а чрез три дня, когда полки ратные Владимировы изопьют воды из малого Волхова. Звезда спадет на помочь Владимиру,— говорят жрецы Холмоградские,— уж не Звезда ли Царевна, Царь-девица, спадет ему на помочь. Расскажу я вам про нее быль, правду великую; да вели, Красное Солнце Владимир, подать мне стопу хлебного меда, было бы чем дивные речи прихлебывать.

По приказанию Владимира подали Гусляру стопу красного меда, и он начал рассказ.

II

Царь-девица

Ох, не горюй, не кручинься ты, Князь Государь, наш милостивец! Много звезд на небе, больше того будет у тебя радостей на сердце. Послушай сказки моей. Сказка былые была, да состарилась. Как зазвенит серебряная память, запоет душа, придумает, пригадает все, что есть на уме и на разуме, а добрые люди слушают, добрые люди ахают.

Пошли, Свет, красное слово! красное слово — пищу духовную!

Вот как было-то в некотором царстве в Придонском Государстве, в Золотой Орде, у Ордынского Гетмана была дочь единая; да не рядилась она в саяны и в бархаты, не носила она ни серег, ни жемчугов, не сиживала она в высоком терему под косящетым красным окошечком, не певала она сроду: "Ах ты, лен, мой лен, пряжа тонкая, ты не рвися, лен, не крутись в узлы".

Так было ей на роду писано.

Шесть лет не было у Пана Гетмана детей, на седьмой год зародилось детище. Учинил Пан Гетман пир великий, разгулялся на радости. "Ну, говорит, светлые гости мои, будем пить здоровье будущего моего сына!" — "Что бог даст: молодца или красную девицу! "—отвечали гости. "У! семь лет ждал — недаром промолвился, назвал сыном недаром!" — вскричал Гетман, ударив стопою в стол.

— Призвать ко мне вещунью! — Призвали вещунью.— Говори правду истинную: усы до колена или коса до пят? Доброму жданому молодцу народиться или нежданной девице?

— Дозволь, Пан Государь, завидеть Господыню твою,— отвечала вещунья.

Повели ее в красный терем, в узорчатую горницу. Насмотрелась вещунья на муки материнские. Идет к Пану Гетману.

— Ох, Государь Пане,— говорит,— не жалей казны, куй броню золотную, гвозди алмазные, шли богатыря могучего, что по рубленому лесу ходит, рукой коряки полет, шли его за мечом-кладенцем, что в Полуночном Царстве лежит, в горе, среди моря мимоточного!

— Пейте, гости дорогие! здравьте будущего моего сына! — вскричал Гетман.— Смотри же ты, ведьма старая! истинные речи твои — озолочу с ног до головы; не сбудутся — два коня разнесут тебя наполы, размыкают по чистому полю! а жену с дочерью заточу в бочку, пущу гулять по широкому морю!

Ведите ее за железные притворы, за кованые ставни! Кормите до время пряным печеньем, пойте сытицей!

Настал час мук материнских; готовится Гетман принимать на руки сына; подвели к крыльцу вороного коня, принесли на золотом блюде меч и пояс; привели вещунью; стоит она над родильницей, дрожит, очи выкатились, синие уста темные речи нашептывают. Стоит и Гетман в головах родильницы. Застонала родильница, вскинулась, вскрикнула, раздался звонкий голос младенца... Схватила его на руки вещунья и обмерла от ужаса, застукали зубы.

— Сын? — вскричал Гетман.

— Сын, пане, сын! — произнесла трепещущим голосом вещунья, окутывая младенца в пелену.

— Сын! — вскричал снова Гетман, схватил с блюда меч и перепоясал ребенка; а у него на лбу горит словно звездочка. Понесли его на браной подушке к белодубовому крыльцу,— вороной конь озирается, рвет копытами землю,— положили на седло, повели коня под уздцы по широкому двору.

— Дал бог Свет нашему Атаману Царя-Царевича с золотой звездой во лбу! — кричал бирюч, трубил в трубу.

— Здравствуй Царь и с Царем-Царевичем! — кричали люди Гетманские и народ.

— Сгибла душа моя душенька! — вопит вещунья над кроватью родильницы,— народилась у тебя, матушка, Царь-девица, с золотой звездой во лбу!.. с золотой звездой во лбу! не подменишь добрым молодцем. Меня размыкают по полю; тебя, Государыня, в бочке пустят по морю!

Заплакала Царица-родильница.

— Помоги,— говорит,— голубушка бабушка!

— Изволь, помогу, была я у тебя бабушкой-повитушкой, буду и нянюшкой. Не поведает Пан Гетман, что у него дочь народилась. Взлелеем мы ее Царем-Царевичем, окуем ее в броню доспешную, будет она у нас добрым молодцем! Дам я ему дядьку, прислужника верного, свое правое око!

Стал Пан Гетман клич кликать: где живет такой богатырь, что по рубленому лесу ходит, рукой коряки полет. Прошла молва, что есть-де в Придонском Царстве богатырь Колечище, живет у взморья, у Придонского Лимана.

Отправил Царь гонцов к сильному и могучему Колечищу просить в Гетманский стан, в гости. Скачут гонцы, находят богатыря; сидит у моря, белую рыбицу удит, удочка словно коромысло колодезное.

Сняли шапки Послы, поклонились ему низменно, зовут в Царский стан, к Гетману в гости.

Посмотрел на них богатырь с искоса, снял шлык, почесал в голове, тряхнул головой, откинул густые космы от очей, промолвил: "Ладно!" — встал и пошел. Лают на него по селам собаки, проходу нет; вырвал он дубок в обхват толщины, отбивается от собак, идет; скачут за ним следом гонцы Царские чрез поля и горы, взмылили коней. Идет богатырь как туча тучная; стонет земля, взмолились Ордынские люди со страха. Готовит Гетман полудник для гостя, высылает хороводы навстречу.

Пришел. Ухнул с дороги, встряхнул пыль с шлыка и с одёжи, грохнул дубину о землю, сел посреди двора.

— Исполать тебе, добрый молодец, сильный и могучий богатырь Колечище! — возговорил к нему Гетман. — Сослужи мне службу верную, сходи, пожалуй, на Полуночь; на высокой горе на море Проточном есть меч Кладенец![22]

— Ладно! — отвечает ему Колечище. — Сложу голову за тебя!

Ведут могучего богатыря в мовню; дарит ему Гетман новый кожух; пошло на кожух сорок сороков соболей; ведут могучего богатыря под белые руки за белодубовый стол; Пан угощает его, панские люди величают и в путь-дороженьку снаряжают.

Вот, выпив котелок зеленого вина, поднялся богатырь на ноги, пустился в синюю даль. Скоро идет, не останавливается, так ветры от него и пашутся.

---

[22] Кому не известны Восточные, Мавританские и Русские Сказки о волшебных мечах, скрытых чародеями под горами, в пещерах и хранимые драконами и чудовищами. Сии-то мечи-клады назывались мечами-кладенцами. (Прим. Вельтмана.)

Пришел он к берегам моря Полночного, в землю рыжих Кудесников. Стекается народ, взбирается на холмы, дивится на Колечище издали. Он к нему. Разметалось все от него в стороны; да видят, смирен и тих словно заводь. "Где тут, говорит, море Проточное?" Мотают головой; выбрали человека, который бы ведал язык Ризенов: так величали они Придонскую землю. Пришел один, снял шапку, голова ровно каленая. "Ну, где море Проточное?" — "Не знаю, господин великан, говорит, знала, может, про то Хульда, по-вашему — колдунья, да давно умерла; по ночам ходила кровь пить людскую, а люди взяли да и положили ее ничком и вбили кол в спину; теперь уж она не ходит; а все знала да ведала, говорят..." — "Ладно! — отвечал Колечище.— А на каком погосте лежит?" Красный весь сжался от страха, указывая за темным лесом на далекие горы, на высокую вершину с зеленой макушкой.

Пошел добрый молодец; смотрят вслед ему рыжие люди, дивятся.

Вот подходит к горам. Вдруг закрутились вихри, взвились рассыпные пески, пошла непогода, вьюга выюжная, гроза громоносная; вздулись ветры, взревели, гонят черные тучи бичом огненным долгохвостником; пыхтит буря, фыркает пеной; всклубилось небо, стонет земля, скрыпят темные леса, загудел вихрь, затянули ветры обычную песню про старую волю, хлынул ливень, перекинул золотой мост через хляби небесные.

Идет богатырь, режет собой омрак наполы, взобрался на высокую вершину с зеленой макушкой. Хлоп палицей гору по боку; разлетелась гора прахом, встрепетнулась земля, закачался лес, грянули вдали громы. Видит богатырь, лежит навзничь старая ведьма, осиновым колом к земле прибита, храпит что есть мочи.

Толкнул ее ногой богатырь Колечище, возговорил к ней:

— Ей! баушка, время вставать!

— Ух, время, голубчик, день-деньской на дворе!.. вынь-ко колок.

— Молви-ко мне, баушка, где лежит клад-кладенец, меч победный?

— Изволь, все скажу; вынь-ко, голубчик, колок из спины.

— Нет, баушка, обманешь, сперва скажи.

— Сказать скажу, да без меня, голубчик, не добудешь.

— Добуду.

— Не добудешь! кому тебе показать, клубочка нет со мною, сгубила.

— Ну, делай как знаешь, добуду меч, выну колок из спины.

— Ох, добрый молодец, несговорчивая твоя головушка! да что с тобой делать, так и быть; ну, смотри... вот тебе струйка, куда потечет, ты за ней да за ней, и приведет она тебя к доброму месту, да не запамятуй слова: добудешь меч, приходи назад, сказать мне спасибо.

— Ладно,— отвечал Колечище, и видит: течет из-под старухи шипучий ручей... заклубился вдоль по тропинке.

Пошел да пошел за ним; а ручей течет да течет; все больше да больше, все шире да шире, все глубже да глубже; вздулся рекой, журчит по полям, по долам, между гор, извивается, ровно змея.

Устал идти за ним богатырь. Видит: строят корабельщики корабль. "Эх,— промолвил он,— кабы да мне сесть на этот корабль!"

Верно, прослышала река речи его, вскинула волны, расступилась из берегов, да и давай подмывать. Разбежались корабельщики. Смыла корабль, поставила себе на хребет. "Ладно!" — промолвил богатырь и сел на него, плывет, гребет весельцом. Плыл, плыл, и видит вдали высокую гору недоступную, с зеленою маковкой.

Расступается река, дуется озером, растет да растет, подкатилась под скалы, выше да выше, словно на дыбы поднимается; и корабль с богатырем идет в гору. Вот и вершина, вот и маковка, словно шлем перёный тремя елями. Поравнялась вода с берегами, прибила корабль в тихую заводь. Выходит богатырь на берег, смотрит... стоит белый Бухарский конь, как из серебра литой; под конем камень, подле столб с золотым кольцом, на столбе уздечка. Догадлив был Колечище, снял уздечку, поцеловал белого коня в светлую звезду во лбу, наложил уздечку; встрепетнулся конь, заржал — отдалось в темных лесах за морем. Отвел богатырь коня, привязал к столбу; откинул камень, под камнем меч-кладенец. Его-то ему и было надобно. Налюбовался им богатырь, поцеловал булатную полосу, повесил при боку, закинул на коня уздечку, хлопнул по широкому хребту, вскинулся на него, сдвинул ему ребры... пошатнулся конь, видно, тяжел седок, да оправился, фыркнул, пыхнул густым туманом, вскинул хвост трубой, взвился, ударил задними копытами в землю, перелетел одним скачком чрез глубокое Проточное море, понесся стрелою чрез поля и горы, — гонится с ветрами взапуски.

Между тем мнимый Царь-Царевич растет не по дням, а по часам; еще в колыбели родная его матушка и хитрая вещунья нянюшка снарядили его в шитый шишачок перёный, выложенный бисером; в тканые да вязаные доспехи с нашивной чешуей; перепоясали его мечом в локоток. Встает дитетко, заиграют над ним в трубы-литавры, деревянного конька везут, в ручки лук со стрелой. Ходит за ним в прислужниках Алмаз, правое око вещуньи. Растет Царь-Царевич не по дням, а по часам. Минул ему седьмой годок; остригли ему, по обычаю, волоса, дали имя. Шлет Гетман в Индейское царство за светлыми камнями, в землю Эфиопскую сзывает кузнецов, для сына золотую броню ковать, алмазами усаживать. Принимает он сына от матери с рук на руки, сам учит его молодечествовать, охотничать и наездничать, править конем и оружием, спать на сырой земле, перелетать чрез горы, переплывать чрез моря, сносить орлов с поднебесья, срывать с бегу рыжих лис и серых волков, дикому вепрю ноги подкашивать.

Напиталась душа Царь-Царевича мужеством, упоилась отвагою; сама Царица дивуется, не верит своей памяти, что не сын у ней народился, а Звезда Царевна.

Вот настало Царю-Царевичу пятнадцать лет; стал он молодец, красота ненаглядная, нет ему равного во всем Придонском Казачестве. Уж впору ему броня золотая, Эфиопскими кузнецами кованная, Индейскими камнями саженная. А меча-кладенца нет как нет, богатыря Колечища ждут пождут... не едет... сгинул да пропал!

80

Дарит Гетман сыну свой меч булатный, своего коня вороного, созывает гостей со всех земель, сильных и могучих богатырей и витязей, попить, поесть да потешиться, с Гетманским сыном оружьем померяться, силами изведаться. Собираются гости, пируют, дивятся красотой Царь-Царевича: "То не Царь-Царевич, говорят, а Царь-девица; где ж ему с нами, заморскими богатырями, силы ведать, оружье мерять! молод словно молодой месяц, красен словно светлый утренник!"

— Ой, пано, пано! Царю-Царевичу на бой рано! — говорят, макая длинные усы в чаши медовые.

— Повидим! — отвечает Гетман, утирает усы, чуп приглаживает.

Вот напились гости, напитались, выходят на красное крыльцо; стремянные подвели им коней, сели они, смотрят... Царь-Царевич в золотой броне, на злом коне, сбоку меч вороной, летит каленой стрелой, мчится в заветное поле, в Гетманское раздолье; посреди поля врезался как вкопанной, ждет супротивника.

Едет Гетман с гостями вслед за ним, важно золотой булавой помахивает, откидные рукава за плеча; светится шитьем, золотом. За ним витязи, гремят чешуей и кольцами, сбруею бахромчатой потряхивают, светлым оружием постукивают, ходит ветер по перёным шлемам, бьют, роют кони землю.

Гудят гулкие трубы, зычат шумные бубны, звонкий рожок заливается, запевальщик ратную песню затягивает, а Гетманские певцы-молодцы выговаривают.

Вот поставили Гетману на холме, посреди поля заветного, стул с подушкою рытного бархата; вокруг поприща стал стеной народ.

Прозвучал рог, выехал из круга младший из Витязей, подъехал к Царю-Царевичу, хлопнул копьем в звонкий щит. Вот разъехались добрые молодцы, закрутили, замахали на всем скаку копьями; свистнули копья, увернулся Царь-Царевич, а его копье тупым концом прямо в щит молодого Витязя; разлетелся щит вдребезги, покатился Витязь на землю.

Загремели гулкие трубы, заголосил народ, стыдно Витязю. Вот выехал Витязь другой, засверкал булатным мечом, грянул

81

широкой полосой в щит. "Не ущитишься ты, молочные уста! " — думает, мчится на Царя-Царевича. Столкнулись щиты, отпрянули, глядь... а у Витязя в одной руке рукоятка щитная, а в другой рукоятка мечная.

Тешится народ, заливается, славит Царя-Царевича; а Гетман важно усы поглаживает.

Выезжает на Царя-Царевича Витязь старый, бывалый; на побоищах голову рубит, на лету на копье сажает. И ему та же участь: обрубил Царь-Царевич на кованой броне все гвозди, раздел его мечом чуть-чуть не донага. У гостей-богатырей раскалились от стыда кольчатые забрала. Царь-Царевич по поприщу коня крутит, противника выжидает. Нейдет никто на бой.

Целует Гетман Царя-Царевича в белое чело.

Вдруг видят, кто-то вдали по дороге оленьим скоком скачет, ногами ныль загребает. Прискакал, смотрят — высочайший, худой, худой, словно вяленой!.. на белом коне. Расступился народ — он прямо на поприще, к кургану Гетманскому; соскочил с коня, отряхнул с себя тучу пыли, обсыпал всех с ног до головы; встряхнулся и конь — кости да кожа! а зной градом.

— Кто ты, пугало огородное! — возговорил Гетман.— Аль принес под Гетманский меч свою голову?

— Как изволишь,— отвечал богатырь-чудище,— я твой слуга Колечище.

—- Морочишь, окаянный!

— Как изволишь, я служил тебе службу; вот тебе меч-кладенец, а то конь пуще сокола.

— Морочишь, окаянный!, такой ли меч-кладенец — весь в зазубринах, сокол конь — кляча навозная!

— Меч отточишь, клячу откормишь; и меня прикажи ладно покормить да напоить; колдунья проклятая уморила!.. сгубила бы душу, да кладенцом отбился, а добрый конь вынес из беды.

Велел Пан Гетман меч отточить, коня в стойло поставить, а богатыря Колечище накормить и напоить досыта.

Повели богатыря в баню; вымыли, выпарили, усталые кости выправили, повели за белодубовый стол.

— Ладно! — молвил Колечище, поевши, попивши и за здравие Гетмана котелок зеленого вина выкушавши. И выговорил так — хмелем ошибло. — Ну, вишь, Пан Гетманище! меч да коня добыл,.. ладно!.. подобру-поздорову!.. да не ладно — пустил ведьму по белому свету — тово... ой-лих не в одарь люди колом к земле ведьму прибили!,, а я и то... бес подтолкнул под руку!.. ну, вишь... и пошла вихрем крутить, под стопы пышет жупел... "Подай-ста коня и меч!" —"Ладно!" Думу гадаю да еду себе. Темь темнеющая!.. под ногами ровно пучина кипит... глядь!.. под конь катится что-то с горы!.. ой-лих с ног собьет! "Подай-ста коня!" — стучит. "Ладно!" Ну, да и хвать мечом... Ой-на! голышь... камень!.. меч зазубрил!.. Ехал, ехал, крутил, крутил, степь не степь, лес не лес, и не тово... добро бы вода, испил бы, коня напоил, да и корму ни... животы ведет! Ну, ин... выскочи твоя душка словно из дудки!.. Глядь, мерещится... во! гадаю, день, ни! огонек блескает! я к огоньку... стоит изба с топора, под окошечком сидит красная девица. Ей!.. "Красная девица! напой-накорми!" — "Изволь, дядюшка, ступай на двор"; я на двор... ну, и тово...

— Ну, или спишь, Колечище, охмелел? — вскричал Гетман.

— Ой-лих-ни! умру—не отдам! — пробормотал Колечище, встрепетнулся и продолжал словно сонной, на языке тиря повисла: — Ну, во, туды-сюды, ах ты!.. ну, ну!.. не везет!.. а за оградой мяучит". "Отдашь меч и коня?" — "Прысь ты, окаянная!.. умру — не отдам!.."

— Охмелел, ведите его под руки, уложите спать, — сказал Пан Гетман.

Повели богатыря Колечище под руки, а он несет свое, рассказывает чудеса: как ведьма его с конем в погреб заключила, как их из жалости многие лета погребная плесень поила и кормила; и кап ехали тем местам добрые люди да послышали — под землей конь заржал. Клад, думают, да и давай землю рыть; отрыли, да со страху кто куда ноги унес; а Колечище из погреба вышел, и коня на белый свет вывел, и подобру-поздорову в Придонское Царство прибыл.

Вот настало законное время. "Ну, пора,— гадает думу Гетман,— пора оженить сына! пусть себе ищет невесту".

Призвал его, говорит ему:

— Царь-Царевич, сын мой любезный! храбр ты, гораздо смышлен и умен, нет в тебе обычая душе моей супротивного: к отцу и матери ты любезлив, к старости честной приветлив, с вольницей не водишься, около красных девушек не увиваешься. Придумал я тебя, сына моего, женить. Собирайся ты в путь-дороженьку, поезжай ты к соседу нашему Царю Азскому Ахубзону Рувиму, у него есть две дочери: Сарра-Царевна и Лея-Царевна; поклонись ему от меня, сослужи ему службу и проси себе в жены любую.

— Государь родитель,— отвечал Царь-Царевич, вздохнув,— не жены гадает сердце мое, а храброго витязя-сопротивника; хотел я изведать силы с могучей доблестью да со славой. Все твои Витязи деревенщина да зательщина; на щите моем нет еще ни язвы, ни царапины, хотел я походить по белому свету да притупить сперва острый меч свой, а потом исполнить родительскую волю твою; да уж быть по твоему велению, еду, куда изволишь.

Поцеловал Пан Гетман Царя-Царевича за послушание в светлое чело, проложил ему золотой мост в Царство Азское, усадил на коня...

Поехал Царь-Царевич, повез родительское благословение в далекие страны, в чуждые земли.

Вот приехал Царевич в Дор, станицу Азского Кагана Рувима, поклонился ему от Гетмана и вручил грамоту.

— Есть у меня две дочери красные,— сказал ему Царь Рувим, обняв его,— родились они в единый час, равны лицом, красотою и возрастом; ни мать, ни я не ведаем, которая из них старейшая; а по закону нашему старейшая должна идти первая и в замужество; преступить закона и обидеть ни той, ни другой не могу; но бог покажет нам путь, принесу ему жертву, соберу Ратманов, и что присудят, то сделаю.

Вот и собрал Рувим Ратманов и присудили: "В сердце коей Царевны бог положит первую любовь к Царю-Царевичу, та и старейшая, и вдастся ему в жены за службу Царскую".

И разодели Царевен в богатую одежду, повели напоказ к Царю-Царевичу. Одна в одну, как два ясные ока; красавицы неописанные; да у Царя-Царевича не девичья красота на уме, он мыслит: лучше бы привели сюда двух братьев, храбрых, могучих Витязей, узнал бы я, кто из них старейший!

— Ну, Царь-Царевич, которая по сердцу тебе? — возговорил Царь Рувим.

— Не ведаю, какую сам судишь.

— Ну, любезные мои дочери, Сарра и Лея, — продолжает Царь, — которая из вас полюбила Царя-Царевича?

Вот Царевны Сарра и Лея посмотрели друг на друга и зарумянились обе.

— Ну, промолвите ответ, которая полюбила Царевича?

— Что промолвишь ты, сестрица? — спросили они одна у другой, шепотом, в одно слово.

— Да то же, что и ты, сестрица, — отвечали они друг другу, также в одно слово.

— Я полюбила его.

— Я полюбила его,

произнесли они тихонько Царице-матери на ухо, одна с одной стороны, другая — с другой.

— Ну, Царь-Царевич, не судьба тебе! а обеих не отдам. Взыграла радость на душе у Царя-Царевича; велит он

своему верному Алмазу седлать белого сокола; прощается с Царем Рувимом, выезжает в поле чистое, по дорожке в Царство Русское; там, слыхал он, водятся богатыри и храбрые Витязи, на диво белому свету.

Вздохнул Царь Рувим с Царицею-супружницей, жаль им, что не судил бог им Царя-Царевича в зятья.

Вздохнули и Царевны Сарра и Лея. Проходит день, другой, третий, проходит седьмица[23], другая, третья... далеко Царь-Царевич. Царевна Лея весела и радостна по-прежнему, а Сарра, ее сестрица, что-то грустит да алмазные слезки роняет, падают слезки на алый румянчик, тушат слезки полымя жизни; обдало красную Царевну Сарру словно светом лунным.

---

[23] Неделя. — А. Б.

— Что с тобой сделалось, сестрица? — говорит к ней Лея. — Не сглазил ли тебя недобрый глаз, Царь-Царевич?

— А тебя? — спросила со вздохом Сарра-Царевна.

— Меня?.. нет, не сглазил, я не смотрела ему в очи... а ты, верно, смотрела?.. что не отвечаешь, сестрица?.. бедная!.. недобрый человек!.. не люблю его!..

— Зачем же, сестрица, сказала ты прежде, что любишь? — спросила Сарра, заливаясь слезами.

— Я сказала так, сестрица, как ты сказала, — ответила Лея, обнимая Сарру.

Больна, да, больна Сарра-Царевна; созвал Царь Рувим кудесников, лечить дочь свою.

"Наступила, Царь, дочь твоя на нечистое место", — говорят кудесники; да и начали нашептывать воду да зелье варить; а толку нет: чахнет Царевна.

Между тем едет Царь-Царевич по широкому пути в Русское Царство; на далекую дорожку посматривает, на боковые стежки поглядывает: не едет ли какой храбрый, могучий Витязь, с ним бы силы изведать, оружье измерить. Что-то грустно Царю-Царевичу. "Эх, — думает, — нет могучего, найти бы равного, дружного! Много люди говорят про Владимира Князя, сына Светослава... поеду искать Владимира";

Приезжает в Киев-град; а там люди гуляют да празднуют, в варганы играют, а красные девушки без зазору по торгу ходят, хороводы по улицам водят да играют в пустошь.

— Здесь ли, — спрашивает Царь-Царевич, — Владимир Князь, с своими могучими богатырями?..

— Нет здесь Владимира Князя, — говорят ему хмельные люди, — едь к нему в Новгород али садись вкруговую, добрый молодец! у нас здесь не ратуют, а песни поют полюбовные!.. выбирай по сердцу девицу! Ох, какие у нашего Князя девицы; то со всего белого света пригожие красавицы! оне в золото да в шелки разряжены, светлыми каменьями разукрашены!..

— Нет, добрые, хмельные люди, — говорит Царь-Царевич, — вы мне не рука, поеду подивиться на Князя Владимира да на Новгород...

— Ох ладно приплел ты, Гусляр, к сказке своей наше

Красное Солнышко Князя Владимира и честной Новгород; ну, ну, что дальше!— перервали речь Гусляра думцы и гости Владимировы.

— По былому речь веду,— отвечал Гусляр.

— Ну, ну, продолжай! — сказал Владимир.— Сказка былью была да состарилась, а в Новгороде и до меня был Владимир.

Гусляр продолжал:

— "Нет, добрые люди,— думает Царь-Царевич,— вы мне не рука; поеду я к Князю Новгородскому, верно, он всех славных Витязей с собой увез".

Вот едет Царь-Царевич сквозь леса глубокие, скоро приезжает под Новгород; видит на дороге становище[24] .

— А что, бабушка,— говорит,— что у вас деется в Новегороде, там ли Владимир Князь?

— На Городище, батюшка, на Городище; а народ уж, чай, собрался на молбище. В полудень сажать будут на стол Новгородский, народ рекой хлынет. Да ты, ясной молодец, не Боярин ли его?

— Нет, бабушкаг из чужой земли, из Ордынской.

— Э, родимой, уже правду литы молвил? да тебя народ камнем побьет; а ты такой молодой, пригожей... да ты волею или неволею заехал сюда?

— Волею, бабушка, хочу подивиться на Князя Владимира.

— Не показывайся, голубчик, теперь и Посла не примут люди Новгородские, не то что мимоезжего; вот Князь будет главой, ступай, пожалуй, к нему во двор.

— Послушаю твоего доброго совета; а хочется мне посмотреть на позорище.

— Разве-ста нарядимшись в саян да в повязку девичью; ты ж такой пригожей! а бабам у нас везде путь. Царь-Царевич подумал, подумал да и говорит:

— Достань, бабушка" мне девичью одежду; вот тебе золотница[25] .

Старуха посмотрела на золото, подивилась.

---

[24] Постоялый двор.

[25] Мелкая золотая монета.— А. Б.

— Эх, набрался ты добра-ума, молодец! неволя тебе идти на позорище? да еще что у тебя на сердце?

— Не бойся, бабушка,— отвечал Царь-Царевич,— наслышан я много про народ ваш и про нового Князя; хочу, неведомый, поклониться Новугороду.

— Нешто. Ну, есть у меня наряды девичьи... была внучка-красавушка, да сгинула!.. иди, иди, да скажи своему оружнику ставить коней на задний двор, люди бы не видели.

Вот Царь-Царевич соскочил с коня, вошел в Изобку. Пошла старуха s кладовую, зазвенела ключами, вынимает из кованого ларя одежду праздничную девичью. Уговаривает Алмаз Царя-Царевича не ездить в Новгород. Не слушает его Царь-Царевич, разоблачается из золотой брони, гонит от себя прочь приспешника.

Несет ему старуха сперва: голубые чулочки со стрелками; да черевички сафьянные, шитые золотом, с высокими каблучками, с белою оторочкою; потом: шитую шемаханскими шелками рубашечку, с рукавами из тонкой ткани; потом: повязку жемчужную, душегрейку парчовую с золотым газом да юбочку штофную.

— Ну,— говорит,— добрый молодец, есть у нас красные девицы в Новегороде, а был бы ты красная девица... ох, да что за стан гибкой!.. давай перлы накину на шейку... сама на шелку низала... в орех жемчужины! Эх, да уж не морочишь ли ты?.. аль в вашей стороне и у мужей лебединая грудь вздымается?.. Ну, вздень душегрейку... ладная какая! только разок внучка-голубушка и надела!.. как пойдет, бывало, хоровод водить, алые туфельки так и пощелкивают, каблучки так и постукивают!..

Старуха вздохнула, широким рукавом слезку утерла.

— Ох, девка, серги-то и забыла!.. изумруда да алика[26] румяного! аль грушку[27] привесить жемчуга перекатного? стой,

---

[26] Драгоценный камень розового цвета; от слова алый — румяный, цветной. (Прим. Вельтмана.) Вероятно, домысленное Вельтманом слово: алик, алак — старое сибирское название оленьей и собачьей упряжи.— Л. Б.

[27] Старое Новгородское название серег, сделанных из жемчуга в виде груши.

стой, подвяжу!.. ээ! сударыня, да у тебя и мочки есть в ушках? обморочила ж ты меня! давно бы сказать правду истинную!.. чему стыдно стало?.. сама я в девках гуляла! сама бы я тебе и рубашечку приладила, а то, вишь, негладко!..

Разгорелся Царь-Царевич, слушает, не понимает речей старушьих. Прибирает старуха ему голову. "Головушка ты моя, говорит, и косоньку-то обрезала!.. верно, ладного молодчика полюбила, ходишь за ним по белому свету!.. Ну, как изволишь, венчик ли наденешь или рафет[28] да коронку?[29]

— Что хочешь надевай, — отвечает Царь-Царевич.

Не верит старуха глазам своим. Готов Царь-Царевич, накинул на себя покрывало. Сели в повозку, едут в Новгород...

— Ух, умаялся, — сказал, остановись, Гусляр, — прикажи, Князь Владимир, Светлое Солнышко, поднести ставец медку, а конец расскажу на другое время.

— Поднесите ему, — говорит Владимир, — хмельного меду за добрую сказку! — Он припомнил красную девицу, которую видел в храме во время посада на стол Новгородский. Любопытство одолело им. — Доскажи, Гусляр, сказку свою! — возговорил он к нему.

— Нет, Государь, доскажу тебе, да не здесь, доскажу в Новеграде, за пиром похмельным, буде пожелаешь.

— Доскажи, Гусляр, — повторяет Владимир, — наделю тебя золотом, дам тебе кров и приют по жизнь!

— Не могу, Государь, сказка перед былью не ходит; а что будет, то еще впереди! — отвечал Гусляр; поклонился и вышел.

---

[28] Повязка на золотом гасе в три пальца шириною, вышитая жемчугом. От Норманнского слова Rif или Reifa — покрывало, покров и также повязка... (Прим. Вельтмана.) В XIX в. в значении праздничного головного убора слово употреблялось в Орловской губернии, Новгородской (рефетка), Нижегородской (рефиль); его происхождение неизвестно. — А. Б.

[29] В старину Новгородские девицы носили на головах короны — повязки, шитые в пяльцах белью, унизанные жемчугом и наклеенные на толстую бумагу или бересту.

III

Идут полки ратные по берегу Волхова, по пути к Новугороду. Отзывается в лесах топот конский, светят панцири, играет день на копьях. Впереди едет Князь Владимир на вороном коне, за ним идет стяг Княжеский.

Рядом по Волхову плывут корабли Варяжские, 100 кораблей, ведет их Варяжский Ярл Зигмунд Брестерзон.

Дошли вести и до Новгорода, что идет к ним из Варяг с силою великою Володимир Красное Солнце. Возрадовался Новгород и слободы Новгородские; да горька их радость! сила Ярополкова, Киевская, да сила Полоцкая не дают дохнуть волей Новгороду. "Измените нам, говорят, камня на камне не оставим, полупим хороми и домы ваши, не медом упьемся — кровию жен и детей ваших!.."

Но Новгородцы не боятся угроз, тайно шлют они гонца с грамотою навстречу к Владимиру; они пишут к нему:

"Господарь Княже Володимир Светославич, благословение от владыки, и от всех старейших, и от всех меньших, и от всего Ноугорода, Господарю Князю Володимиру Светославичу. Господарь Княже Володимир Светославич, ждем мы тебя, Господаря Князя, и управы твоей. Погубили нас Посадники и вой Киевские, и Добрыню оковали и поточили[30] к Киеву. Ярополк же велел на Ноугородчах сребро имать и по волости куны брать, а по купцам виру дикую, и поводы водить, и все зло. И шли на дворы твои Княжеские грабежьем, и Добрынин двор зажгли, а житие их поймали и челядь их распродали, а сокровища изыскали и поймали без числа, а избыток разделили по зубу и на щит; да не будет им часть в Русской земле; а на нас, Господарь Княже, не положи указ, и с нами любовь возьми, и пойди в свою отчину".

В добрый час прибыл гонец от Новгорода в стан Владимиров; войско его совершало на привале у устья Волхова

---

[30] Заточили.— А. Б.

Обет[31] , на восходнице стоял жрец, разнимая на части жертву; подле складенный огромный костер из пуков хвороста, принесенного каждым воином, пылал уже.

Владыко, держа в руках булаву, на коей было изображение тельца, окруженного тремя золотыми обручами, окроплял народ кровью из жертвенной чаши и возглашал:

"Недоведимый силою, тресолнечный свет и всея твари бесприкладный хитрец!

Приидите к нему, доброрбразно ходящий по свету и орудия дневный творящий! Се есть образ его и сличие! И благословение его Господарю Князю Володимеру со всеми мужи его и повинники!"

Ударили в гулкие бубны, понесли корм богам, запылал Обет до неба, вьется столб дыму, покорствует богу вся рать, звучит доспехами, ударяет в звонкий щит мечами, богу славу гласит, обходит трижды вокруг Обета.

По окончании Обета Владимир принял гонца Новгородского с честью в своем Княжеском шатре с золотым шаром.

Посланец Новгородский отдал Владимиру книгу, писанную на Вече, и объявил о расположении главной силы Яро-полковой, близ Урменской хоромины Хутыни, а Полоцкие люди стоят па горке слободе.

Расспросив обо всем, что нужно было, Владимир послал гонца назад и велел Новгородцам сказать, чтоб они ждали его в заутрие.

Гонец отправился; а Владимир, изготовив рать к бою, двинулся во время ночи к Новгороду. Едва только взвиделось серое утро и седые туманы потянулись вдоль по Волхову, вправо, на высоте берега, открылся Новгород; влево, за лесом,

---

[31] Жертвенное приношение. (Прим. Вельтмана.) Это старославянское слово, составленное из ob и vĕtь — изречение, завет; по-древнерусски вет — договор, совет, отсюда "обещать". Значение "жертва" (чешско-словацкое) — позднейшее.— А. Б.

высокая вежа[32] Хутынская. Передовой отряд панцирников, Варяжских всадников, просветил дорогу, накинулся на Хутынскую слободу.

Взмелась сила Ярополкова, понеслись гонцы во все стороны, затрубили на стражницах в гулкие рога, стекаются рати, холмятся у Немецкого озера; бегут от Хутыни передовые полки, преследуют их панцирщики Варяжские, Владимир с Ладожанами вьется следом. Обтекают остров корабли Зигмундовы, бросают Варяги весла, хватаются за щиты и мечи, выскакивают из лодий, скопились, идут на помощь к Владимиру.

И урядилась рать великая на три полка.

И тут-то настала сеча великая, брань крепкая, лом копейный, щитов скипание, стрелы омрачали свет, нахмурилось небо, взволновался Волхов, льется кровь дождевой тучею, питает землю. Гибнет ратник за ратником, разлетаются души, как птицы, несутся в святые дубравы.

Тонет сила Владимирова в великой силе Ярополковой; идут со всех сторон полки вражьи, заходят в тыл, и начали одолевать Варягов... напал на них ужас, умолкли их плеча и руки, изнемогли силы, сабли притупились. Последняя надежда, последний полк Владимиров идет в сечу.

— Не хочем измирать на конях! — кричат Ладожане. — Будем биться пещи!

И соскочили они с коней, сбросили одежду и обувь, кинулись на врагов, соступились с полками Киевскими... и катятся головы их с плеч долой, стелются хладные трупы по полчищу.

Вдруг от Болотова поля летит кто-то по дороге, словно падучая звезда по небу; Бухарский конь, как из серебра литой; на Витязе блестит золотая кольчуга, рассыпается по ней утреннее солнце, от копыт конских искры ключом бьют, гудит

---

[32] Башня. (Прим. Вельтмана.) В приведенной форме в древнерусском языке слово читалось во множественном числе и означало небеса, возвышенность, гору. — А. Б.

поле; врезался он во вражьи Киевские силы,— куда махнет — там улица, куда отмахнет — с переулками.

Развернулись снова знамена Владимировы, одушевилась рать его, радостный крик вьется под небо.

Полки Киевские дали плечи[33] , бросили оружье, бегут во все концы; а Владимир с своими вслед за беглецами... сечет мечом, сыплет в тыл им стрелы... Молят пощады.

Утихла брань, зазвенела победа в щит, кличет слава.

Идут вящие мужи Новгородские навстречу Владимиру, выносят ему хлеб и соль.

"Много победы, братья! — говорят они друг другу.— Око не дозрит, ум не домыслит!"

Молит Владимир могучего юного Витязя, своего спасителя, идти к нему на пир в двор Княжеский.

— Кто ты,— говорит ему,— божья десница, неведомый друже?.. Брат мой родной затерял свою правду, ударил на свободу разбоем, а ты, местник мой! будь мне братом названым!

И Владимир взял за руку молодого Витязя, прижал его крепко к груди.

— Будь мне любовным приятелем! — вскрикнул он снова. Витязь приподнял решетку шлема, и Владимир облобызал его.

Пылко разгорелись молодые ланиты Витязя, русые кудри рассыпались по золотым кольцам панциря.

Взглянул на него Владимир, и остановились на нем удивленные его взоры.

— Дивлюсь красоте твоей, молодости и силе! Скажи мне твое имя, Витязь? скажи свою дедину и отчину? Где твоя родина, отец и мать и все кровные? Не в моей ли земле уродился ты?

— Нет, далеко отсюда,— отвечал Витязь,— имя свое по зароку не поведаю никому.

— Брат мой названый! — говорит Владимир.— Будь же у меня гостем хоть на один день.

---

33 Выражение русских летописей XVI—XVII вв.— А. Б.

Ведет он гостя в белокаменные грановитые палаты, в горницы хитро разукрашенные.

Вступает рать Владимира в Новгород, ведет за собою повязанных[34] Киевлян и Полочан, меняет на золото и на серебро.

Поднялся пир горой в целом Новгороде; возглашают милое слово Божичу, несут богатый покорм богам Дубравным[35].

В гриднице сидят за браным столом люди старейшие и люди Княжеские; мед пенится, пена снопом рассыпается; испивают гости мед, славят Князя, дружину его и храброго Витязя; а Витязь сидит за особым столом с Князем Владимиром, беседует с ним о подвигах великих и могучих богатырей. Пьет Князь хмельный мед за здравье его, наливает сам, подносит сам ему. Долго Витязь пить отказывался, да Владимир неуступчивый, его упрашивает. Пьет за здравие отца его и матери, подносит ему; пьет за все богатырство и ратных людей, подносит ему.

Заиграл хмельный мед на буйных плечах Витязя; скатился шлем с головы, огонь в ланитах переливается.

Вспыхнул Князь Владимир, увидев в очи Витязя.

— Ну,— говорит Витязь измолкшим голосом,— Князь Владимир! упоил ты Царя-Царевича, упоил... и спать уложи!

Ведет Князь Владимир гостя своего в сенник Княжеский.

А в Гриднице пир горой; разгулялся и приспешник Витязя, сбрасывает железную шапку, кудри разглаживает.

— Ну,— говорит,— добрые люди, подайте мне гусли звонкие; взыграю я вам песню знакомую. Помните ли вы, как пел вам Гусляр в стане Княжеском?

Все узнают в приспешнике того Гусляра-сказочника, что рассказывал сказку по Царь-девицу.

---

[34] Пленный, окованный.

[35] Здесь: древнерусские языческие боги (Перун, Даждьбог, Стрибог, Хорс и др.).— А. Б.

IV

Ходит ясный месяц по синему небу, расстилается серебряный свет по Приволховью, задремал Ильмень, задумались концы Новгородские, мирится душа со спокоем, спят люди. Только стража у городских ворот и на бойницах Детинца еще перекликается.

Тихо и в Княжеском дворе. Опочивает уже Князь, возлегает и гость его Царь-Царевич на мягких постелях под собольими одеялами; но в сеннике светильник теплится, бросает тусклые лучи на золоченые резные стены, и лавки, крытые махровыми коврами Шемаханскими, и на золотые доспехи с гвоздями алмазными, и на кровать с багрецовой занавескою...

Тихо; но кажется, кто-то словно мед испивает устами... словно умирает, утоляя горячую жажду... и душа шумит уже крыльями...

Ясный месяц идет по небу над Волховом, заглянул в окно и спрятался в тучку, зарделся и снова из тучки поглядывает с завистью на терем высокий.

И хлынули чьи-то горькие слезы, всхлипнули чьи-то тихие жалобы...

Поднялось прозорье[36], красное солнце выкатилось из-за Болотова поля, сыплет лучи в красное теремное окно. Лежит на кровати девица... спит, красная, зарей разрумянилась, грудь волною колышется.

Дал бы бог кому в жизни все радости, наделил бы кого золотыми горами, умом и разумом, честью и славою,— все бы отдал он за красную девицу; а кто видел ее, тот смотри в глаза солнцу, не бойся, нет ничего на небе, только черное пятно катится от востока к западу.

А кто слышал ее сладкие речи, тот запоем пил пьяный мед, голова кружится, а земля под ним ходуном идет.

Встала утренняя заря, пробудилась и красная девица, вздохнула и задумалась.

А Князь Владимир ждет в стольной палате гостя своего.

---

[36] Рассвет.

Выходит гость, весь в доспехи окован, решетка шлемная опущена; велит он приспешнику седлать коня своего.

— Прощай, — говорит, — прощай Князь Владимир, угостил ты меня! долго не забуду твоего хмельного вина! упоил ты меня горьким стыдом да раскаяньем!

— Останься! — молит его Владимир. — Смилят ли тебя мои речи и просьбы, Царь-Царевич!

Царь-Царевич не внимает Владимиру.

Целует своего любовного, белого коня в ясные очи, вскочил на него и помчался перегонять ветры в чистом поле. Скачет приспешник за ним.

В чистом поле приподнял Царь-Царевич решетку шлейную, глубоко вздохнул; а слезы, как быстрина речная, текут из его очей.

Искра запала в кудель, а горе на душу.

Задует ли искру, потушит ли горе слезами!

V

Едет Царь-Царевич от Новгорода в Восточные земли.

Тихо едет.

Едет и Светославич от Киева на восход солнца.

Быстро скачет.

Грустно Светославичу расставаться с родной лужайкой, а грустнее того с соседом красным теремом, в котором живет ненаглядная девица.

Глубоко вздохнул Светославич, когда очутился перед ним, захрапел, заржал конь вороной, на седле парчовая подушка пуховая, сбруя гремучая, бахромчатая.

Вскочил Светославич на коня.

— Ну! — говорит. — Куда путь держать?

Откуда ни возьмись, завился перед ним черный пес мохнатый, заластился, хвостом замотал, путь ему кажет.

Бежит пес правым берегом Днепра, едет за ним Светославич; всперенный конь чуть до земли дотрагивается.

Не останавливается он ни в селах, ни в городах, ни на

становищах, ни на виталищах[37] ; не дивится он ничему, что дивее дива для простой чади, — у него одно в голове: красная дева да череп отцовский. Не дивится он и тому, что все люди городские и сельские, прохожие, проезжие и встречные, кланяются ему как знакомому.

На перевозе в пояс кланяются ему перевощики.

— Куда изволишь путь держать, милостивец наш? Один-одинехонек, только с любовным псом своим; одному за Днепр не дорога бы, леса полны разбоя; аль жизнь тебе принаскучила?

— Ага! — отвечает юноша, не внимая речам перевощиков; и едет далее.

— То так! — говорят про себя перевощики.— Одурел, ни слова не молвит... Уж не жена ли прогнала на торг в Белую вежу?.. ох гостница неусытная, купница бесовская!

Выбирается Светославич на Муравский шлях[38], несется левым берегом Днепра, частым бором. Не останавливают его песнивые птицы, различными голосами возглашающие песни красные, ни косы, ни иволги, ни сковранцы, ни щуры, ни жланы, ни сои радужные, ни соловьи многогласные.

Только люди скучают ему.

— Хэ, кум! кудысе-тко?.. Стой! аль в Торг?

— Эгэ! — отвечает юноша.

— Милуй тебя боже! путь добрый!

Светославич проедет.

"Провались ты, не кум — пес неласковый! — шепчет про себя встречный. — Купил кожух новый, зазнался!"

Подъедет Светославич к селу, скачет мимо хоровода, мимо кружала с брагой и лавок, уставленных коробками с кисличками, орехами, репой и пряным печеньем. Вся деревня уставит на него глаза, хороводы остановятся, песни замолкнут,

---

[37] Гостиница. (Прим. Вельтмана.) В памятниках XI—XVI вв. "витательница, витальня" — обиталище, обитель; постоялый двор только в Алфавите XVII в. назван "витательница".- А. Б.

[38] Степной путь от Перекопа к г. Туле, один из главных путей ордынских набегов на Русь.— А. Б.

старцы привстанут с залавок, малые дети утрут нос кулаком, и все поклонятся ему в пояс; а красные девицы перешептываются:

— Боярич наш в путь собрался!

— Сам-один, а лишь с мурым псом!

— То, верно, ловы деять?

— А какой на нем кунтуш узорчатый, шелковой, золот пояс стан перепоясал, червонные сапоги тороченые, у бедра сабля стучит!.. а какой доброликой, румяной, кудри словно кудель крученая!

— Здравствуй, Господин Боярин! — восклицает вся деревня.

А между тем Тиун сельский и старосты заставили уже ему собою путь, кланяются, умоляют, упрашивают на Валя-вицу посмотреть, хороводы зобачить, песен послушать, прикупить браги и меду.

Не слушает их Светославич, воротит коня в сторону, объезжает толпу.

— Что немилостив к нам, Государь, не изволишь нашего хлеба-соли откушать? — продолжает Тиун. — Аль прогневался на нас, родной отец?

— Ого! — отвечает юноша и, стиснув коня, проносится сквозь толпу, давит людей, скачет далее.

— Ох, люди, не добро! быть беде! — говорят селяне, и праздник умолкает, все расходятся по домам, ждут немилости Боярской.

Едет Светославич далее, частым лесом; едут навстречу ему люди конные, вооруженные, красные плащи развеваются, скуфья набекрень.

— Что, Якун, едут?

— Ага! — отвечает им Светославич.

— А ты куда? или что сгубил?

— Эгэ! — отвечает Светославич.

— Ну, ворочайся спешно, а мы засядем в дубраве.

Таким образом Светославич ехал и встречал везде знакомых. То принимали его за слугу хоромного, едущего сбирать по волости скот и почеревые[39] деньги в пользу Божницы; то за мужа взбранного[40] Княжеского, и просили защитить десное[41]; то за балия, вещуна, чаровника или волхва, и молили его отговорить влающихся[42].

Сердится Светославич на людей; досадны, несносны ему люди.

Вот проехал он уже речку Большой Тор, что течет из гор Святых да впадает в Дон-реку. Вот на речке на Тернавке проезжает мимо каменного болвана, которому все прохожие и проезжие кладут доездные памяти[43].

— Стой! — говорит ему вещун молебницы придорожной.— Клади поклон, клади память Божичу Туру-путеводителю. Без того не будет тебе пути.

— Нет у меня ничего! — отвечает юноша.

— Нет ничего! вынь из главы твоей волос и спали в жертву Божичу.

— Нет тебе ни волоса! — говорит Светославич и едет далее.

— Ну, не будет тебе пути! — кричит ему вслед вещун.

Вот подъехал юноша к реке Самаре; перед перевозом, по обе стороны пути, стоят великие каменные болваны, курятся перед ними Обеты.

— Стой! — говорят ему вещуны у перевоза.— Положи память Госпоже да Фрее!

— Нет у меня памяти,— отвечает им сердито Светославич.

— Морочишь!.. есть на тебе кожух золотой, скинь кожух!.. плащ, лаженный золотом и серебром... клади!.. Госпожа даст тебе путь и честь, а Фрея любовь к тебе положит на сердце дев красных.

---

[39] Плата с чрева за зазорного младенца.

[40] Военный. (Прим. Вельтмана.) Домыслено Вельтманом; прямой смысл в древнерусском языке — запрещенный.— А. Б.

[41] Правое.— А. Б.

[42] Здесь: ссорящихся.— А. Б.

[43] В XVII в. — разновидность государственных документов; здесь Вельтман использует слово в значении подношения божеству — "болвану".— А. Б.

— Сам ты Фрея! — произносит сердито Светославич, вырвавшись из толпы жрецов и перевощиков, окруживших его.

Мохнатый пес плывет чрез реку Самару. Светославич вслед за ним.

Клянут его жрецы, приподнимаясь с земли.

Быстро несется он чрез мирные поля. Поет оратай веселую песню; не рогатыми волами, не конем орет он землю: орет он парой Литвинов, подгоняет Литвинов длинной хворостиной.

Пронесся Светославич чрез широкие степи, скачет глубокою долиной под навесом частых дерев; вдруг слышит... навстречу ему конский скок... в глубине долины, по извилистой дороге пыль взвивается... нет-нет и вдруг вопль женщины... Приостановился Светославич, а из-за поворота дороги прямо на него мчится всадник, налетел, конь встал как вкопанный, загородил ему путь Светославич.

Вопль женщины повторился; она л"жала поперек седла, перед всадником, обхваченная левою его рукою и окутанная в красную полость, перекинутую через плечо.

Внезапно остановленный, едва усидел он на седле, грозно окинул глазами Светославича, под которым черный конь фыркал, взрывал копытом землю, вскидывал голову, звучал цепями узды.

— Дорогу, Витязь! — вскричал встречный всадник.

— Спаси! спаси меня! — раздался голос женщины.

— Дорогу! — повторил всадник. — Или меряй силы!

— Эгэ! — произнес равнодушно юноша, кивнув головой и не двигаясь с места.

— Ха! подорожный вор! — пробормотал сквозь зубы встречный. — Кто бы ты ни был, могучий или слабый, честная кровь течет в тебе или ядовитый черный сок: все равно для меня! не говори твоего имени, не растворяй уста, чтоб не слышать лай собаки!.. дорогу!..

Выхватив меч из ножен, всадник наскочил на Светославича. Светославич, выхватив также меч свой, отразил удар и не двигался с места.

— Дорогу! — повторил всадник.

— Спаси меня, Витязь добрый! спаси! — вопила женщина, протягивая к Светославичу руки.

— Пусти ее! — произнес Светославич.— И ступай куда хочешь!

— А! девошник! по речам видно, что у тебя зубов еще нет!.. верно, не лобызал ты еще никого, кроме сосца материнского!.. недаром полюбил на-голос мою рабыню и хочешь ратовать ее!.. Честному встречному нет дела ни до слез, ни до женского смеха!.. Годи, годи!.. ну, кому достанется!..

И неизвестный соскочил с своего коня, сложил дену с рук своих на траву, подле дороги. Риза из багряной камки струилась от ее чешуйчатого пояса; лица нельзя было рассмотреть: оно было завешено Широким покрывалом, которое ниспадало до земли, как полы опущенного шатра, от золотой маковки, светившейся на высокой остроконечной ее шапочке.

Дева припала на колени, сложила руки, как будто молясь Светославичу; а незнакомец, сбросив с себя красную манту, обнажил под железным нагрудником черное полукафтанье, обшитое чешуей медной и перетянутое кожаным поясом, на котором висела длинная спада; сапоги также перетянуты были подвязками выше колена и также обшиты чешуею; из-под остроконечного шишака его струились по плечам рыжие кудри.

— Ну! — произнес он.— Слезай с коня, если ты могучий богатырь!.. на конях дерутся только трусы! слезай! узнаю я, что привык ты носить, оковы или меч!.. Молись своему богу, а я своему,— молитва точит и тупит меч, наносит и отводит Удары.

Он вонзил свою спаду в землю, накрыл ее плащом, надел шишак свой на рукоять, сложил на землю лук, рассыпал из тула стрелы и продолжал:

— Вот мой бог, дай мне призвать сильные его удары и остроту на помощь...

— Точи словами меч свой,— ответил юноша, нетерпеливо откинув решетку своего шлема.

Неизвестный, припав к земле за плащом, наложил стрелу

на тетиву, приподнялся, быстро нацелил в бок стоявшему нетерпеливо Светославичу... и вдруг лук и стрела выпали из рук его.

— Жупан мой! Кирк мой Марко! — едва проговорил он трепетным голосом, упав на колена.

— Отец мой! — вскричала дева, бросаясь к Светославичу. — Отец мой! спаси меня от похитителя, от насильника Зуввеля!

— Не верь ей, Жупан Марко! — вскричал неизвестный, подползая на коленях к Светославичу, который смотрел то на деву, то на незнакомца и не постигал речей их.

— Не верь ей! — продолжал незнакомец. — Она женщина!.. я расскажу тебе все, как было. Раим Зуввель, старый слуга твой, так же верен, как верен тебе меч, который носишь ты при бедре.

— Не верь ему, отец мой, не верь!.. клеветою полны уста его! — восклицала дева.

— Верно слово мое, как правое око Тира, когда удостаивает он метить громоносною стрелою в противных ему великанов. Третья луна народилась с тех пор, как ты, великий Жупан, пошел с людьми своими отнимать у врагов родные свои земли Дунайские. Без тебя правил я верно и праведно слугами твоих высоких горниц и белого двора твоего. Скажут тебе подтверждение покорных речей моих Сардарь[44] твой и Редялы. В Вертах твоих не коснулась ни одна стопа до разостланных ковров Маем, только дочь твоя Вояна водила хороводы с Панскими дворовыми девами и пела песни; ты ведаешь, великий Каган, презренного раба твоего Гусляра Словако Радо?..

Восклицание девы перервало слова Зуввеля; она закрыла лицо свое.

— Не ведаю как, — продолжал Зуввель, — только Радо бывал в хороводах в женской одежде, а узнал я про то...

— Ой, бога-ми! не веруй ему, отец мой, не веруй! — возопила дева, и вдруг очи ее заблистали, она с отчаянием

---

[44] Глава войска, то же, что Сераскир. Сер по-Персидски глава и аскир — войско (по Арабски).

кинулась на Зуввеля, выхватила нож из-за пояса его; как молния из тучи, блеснуло железо в руках ее...

Зуввель опрокинулся лицом ниц, кровь хлынула ключом... Отлетела душа его, как испуганный ворон от трупа.

Дева без чувств покатилась на землю. Мохнатый пес завыл.

Долго стоял юноша, пораженный чудным зрелищем.

"Вот чем поили меня!.." — произнес он наконец и, с отвращением отбросив взоры свои от потока крови, слез с коня, поднял беспамятную девушку с собою на седло и поехал далее.

Конь его шел плавным, скорым шагом; пес бежал впереди, свесив язык в сторону, изогнув хвост улиткой. Дорога разделилась на два пути, один пошел прямо к Русскому морю, другой потянулся подле высокого земляного вала Вправо от Хилей, т. е. Святой земли, синелись воды Зиавара.

Светославич смотрел в очи красавице, которая лежала у него на руках. Казалось, что черные длинные ресницы загорятся от пламени ланит: из уст ее вылетел тяжкий вздох, юноша засмотрелся... Ему казалось, что грудь ее слишком сжата, как будто кованным из жемчуга нагрудником; он распустил застежки, она вздохнула легче, грудь ее заволновалась свободнее, уста что-то шептали, как у младенца, который просит поцелуя или груди материнской. У юноши выпала из рук узда, обеими руками прижал он деву к сердцу, прикоснулся устами к устам.

Дева очнулась от поцелуя.

— Отец мой! — вскричала она, и обвила юношу, и горячо поцеловала.— Отец мой! ты не поверил Зуввелю?.. не веруй ему, он злодей, клевета его пала на всех нас... клянусь бело-шелковыми волосами твоими, что у Радо чиста душа, как звуки его песен. Ты сам любишь его песни...

Светославич вздохнул.

— А ты любишь его песни? — спросил он.

— Я?..— произнесла дева, смутясь.— Злодей Зуввель наговорил тебе на меня... хотел оторвать от твоего сердца, разлучить хотел...

— С Радо?

Девица зарделась.

— С тобою, — произнесла она и обвила снова Светославича.

Но он равнодушно принял ее ласки, какая-то память вдруг обдала его холодом; схватив узду и сдавив коня коленами, он быстро помчался за бегущим псом.

Едва только выбрался Светославич из леса... за широкой долиною, на покатости, разделенной тремя истоками, вытекающими из горы, покрытой садами и лесом, открылось село, огражденное деревянной стеною с отлогами; на расстоянии полупоприща возвышались каменные бойницы; между разбросанными по холмам домами, похожими на сброшенные на землю крыши; стояли несколько мольбищ с вежами высокими.

— Отец мой! — вскричала дева. — Вот и станица твоя, Босна! О, как радостна душа моя! Вон горница моя... светит за зеленым садом!

Пес бежал прямо к городу. Встречные люди останавливались, всматривались в Светославича и вдруг с удивлением снимали мохнатые шапки, кланялись в пояс.

Вот подъехал Светославич к воротам; стража с изумлением выровняла свои секиры.

— Жупан Марко! — раздалось во всех устах, и молва перегнала приезжего. Весь народ поднялся на ноги, стекается отовсюду на встречу.

— Пан ты наш, Государь! — кричат со всех сторон.

— Да где же глас рогов и бубнов?.. не взметается пыль по пути? — шепчут все, смотря на извивающийся путь в гору, с которого приехал Светославич.

— Не видно!.. или сгинули отцы, мужья и дети наши от меча и жажды в недозираемой дали?

Но, несмотря на все сомнения, народ стекается, кричит:

— Здравствуй, Пан ты наш, Государь, Краль Марко! и с своею Кралицею Волною!

Снимают Светославича и Вояну с коня, ведут под руки в высокие палаты; обступил народ палаты, сошлись скоморохи, зычат в бубны, побрякивают кольцами, дудят в глиняные дудки, пищат в сопелки, рады все, что приехал Краль Марко.

И Светославич доволен, что приехал в Уряд Бошнякской

Жупании. Он не дивится, что у него борода как лес, а полы багряницы, словно шатер, вокруг него раскинулись, а сорочка бисером покидана, цетавая гривна на шее висит, на руках золотые обручи, стан перетянут поясом велеремитом и меч золотой при бедре, а вокруг него стоят Бояры и Редялы в златых гривнах, и поясах, и обручах. Никто не спрашивает его, какими крылами взлетел, каким путем пришел.

Ведут его в светлые палаты. Стены цветными камнями разукрашены, посреди мраморный водобой. Против солнца у стола пристолец золотой, кругом — лавки дорогими шелковыми коврами устланы.

Садится он на пристолец, берет костыль, сажает подле себя Кралицу.

— Приведите ко мне,— говорит он,— Гусляра Радо. Вспыхнула, вздрогнула Кралица Вояна.

Привели Гусляра Радо; бледен, как лунный свет, упал в ноги Светославичу.

— Ну, Гусляр Радо, заиграй, запой ту песню, что любит Кралица Вояна; ладно споешь, дам тебе все желанное.

Ходит страх по членам Радо. "Ну,— думает он,— заиграю я себе конечную песню!" Строит гусли, ударил в звонкие струны, вскинул очи к небу, вздохнул и запел:

> Встала тьма от синего моря,
> Взвилась тьма по раннему небу!
> А в зеленом садике сударик сидит,
> Сударик сидит, душа плачется!
> Вьется вран над его головою,
> Тощий вран накликает братью:
> "Ей, слетайтесь, братики, недолго пождать,
> Горюн молодец истоскуется".

Кончил Радо песню, поклонился Пану Жупану и Кралице.

— Ладно ты спел,— сказал Светославич, откидывая висячие усы на сторону.— Отдал бы я тебе за сладкую песню и Кралицу Вояну, да станется ли ей то по сердцу!

Не верят Радо и Вояна слуху своему, не верят речам Пана

Жупана; припала Кралица к руке его, покатился Радо в ноги, зарыдали от радости, — верно, много было слез на сердце.

Дивятся знаменитые мужи Жупанства, Редялы и все люди дворовые и сельные: Краль отдает Кралицу за Гусляра Радо!.. будет нам часть под панские гусли плясать!

— Ну, — говорит Светославич Редялам, — подайте мне череп Русского Князя Светослава, хочу им сладкий мед черпать и за здравье Вояны и Рады выкушать.

Заметались Редялы во все стороны, бегут в панские кладовые, перерыли в ларях сокровища... Черепа нет!

— Государь, Краль, Жупан Марко, — говорят они, — почерпни сладкого меду иным златым ковшом, а череп Князя Светослава ты изволил с собою взять, верно, сгубил.

Вскипело у Светославича сердце злой досадою, затряслась борода.

— Коня! — крикнул он. Идет на крыльцо.

Не ведает никто, чего угодно их Жупану Марку.

Радо, Вояна и дворовые люди идут за ним на крыльцо.

Готов конь, землю роет, сбруей потряхивает.

Садится на коня Светославич; лает пес, хвостом мотает, выбегает вперед на путь.

— Оставляешь ты нас. Государь родитель! — заплакали Вояна и Радо.

— Опять оставляешь ты нас сиротами, Государь родной отец! Кто ж без тебя будет рядить Царство? — заголосил народ.

— Вот вам Царь Государь и с Царицею! — отвечает Светославич, указывая на Радо и Вояну.

Закинул узду, вскочил на коня, несется городом, мчится в широкое поле, только пыль вьется вихрем.

Смотрит народ вслед за ним, недобром поговаривает, на Радо искоса поглядывает.

Не быть тут добру.

Скачет опять один-одинехонек за мурым псом; опять ни жажды, ни голода, ни усталости.

Вот уж переехал Светославич реку Святую Перунову, широкий Дана-Пирун, да реку Святого Пана Буга, да Да-настр, святую реку Торову, распахнулось влево море, раскинулись вправо высокие горы Волошские.

Вьется Дунай, извивается, впился в море семью устьями.

Видит Светославич, сошлись две силы великие, готовятся к бою; одна стоит по одну сторону долины, другая по другую. Одна сила Угорская, Семиградская, Капитан ее племени Альмов[45]; другая сила Бошнякская, Воеводою у ней сам седовласый Жупан.

Всполошились обе силы, завидели издали Светославича... а за ним тянется черное облако взвитого праха. "Ох, думают, к кому-то из нас помощь идет!"

Высылает Бошнякский Жупан послов навстречу Светославичу, спросить: кого ему надобно? кого ищет он, друга или недруга? к кому ведет рать, очами необъятную?

— Ищу,— отвечает Светославич,— Бошнякского Краля Марку.

Обрадовался Жупан Марко нежданной помощи, идет сам навстречу к Светославичу.

— Как тебя звать-величать, добрый, младый Витязь? не ты ли Царь-Царевич Ордынский ведешь ко мне в помощь рать великую? О, спаси тебя промысел! теперь возвращу я родную Паннонию!.. предки наши жили в ней под кровом Истины, не знали иных господ и судей, кроме жрецов; никто не покорял нас, кроме Александра и Трояна... Пришли с Аттилой Гунны в пятом веке, покорили землю нашу... Вызвались к нам на помощь Саки Азы, Хангары да Хазары... изгнали Гуннов, а сами с своим Воеводою Арпадом поселились на земле нашей, завладели кровами и женами нашими... С тех пор мы не знаем приюта под небом, с тех пор бьемся мы за Дунайские берега, за родную Паннонию...

Светославич нетерпеливо слушал рассказ Жупана.

— Стой, Жупан Марко! прикажи сперва подать мне сладкого меду, утолить жажду; да прикажи подать мне

---

[45] Название одного из древних племен, кочевавших в Паннонии; здесь: гуннов, венгров.— А. Б.

любимую свою чашу, добытую мечом; не люблю я ни золота, ни дерева...

— Рад я гостю желанному! — говорит Марко.— Так рад, что напоил бы его из любимой своей чаши — из черепа Русского Князя Светослава; обделал его в золото, выложил жемчугом и светлыми камнями — да отослал в дар Царю Византийскому...

Встрепенулась на Светославиче кованая броня, вспыхнула досада на лице.

— Прощай же,— говорит,— прощай Жупан Марко, не из чего у тебя гостей поить, верно, и пить нечего!

— Не сердись, Царь-Царевич, будь добр и милостив! Светославич не внимает ему, садится на коня.

— Царь-Царевич! — продолжает Жупан.— Не хочешь ты сослужить мне службу, оставь хоть рать свою! а я бы угодил душе твоей, отдал бы за тебя единым единую дочь свою красную Вояну, наследовал бы ты Царство мое...

Не слушает Светославич, вставляет в стремя ногу.

— Царь-Царевич! — продолжает Жупан.— Оставь мне хоть рать свою!..

— Рать перед тобою! — отвечает Светославич и не оглядываясь мчится Дунайской долиной.

— Ну,— говорит Жупан Марко,— скачите гонцы к стану вражьему, трубите в гулкие трубы, вызывыйте на бой!.. теперь у меня много силы! Завяжем дело, а к жаркой сече подоспеет рать Ордынская, хэ!.. смотрите, тьма темная идет с горы!

Скачут гонцы к Симиградскому стану, вызывают на бой. Велит Марко петь ратные песни, возглашать хвалу богам. Высыпают его воины из цветных шатров, наступают на силу вражью, Семиградскую... сыплют стрелы, мечут сулицы, принимаются за крутые сабли, ждут помощи, а в помощь им только туча седого праха тянется с горы и стелется вдоль по равнине.

Не быть тут добру.

А Светославич уже на пути в Византию. Переплывает он широкий Дунай, конь его взвивается по скалам, по тропинкам. Светославич уже на хребте Балкана, взором окинул

Фракийские скаты. Светло! так светло, что очи подернулись мраком и темные пятна кругом заходили.

Закрыл юноша очи, не может смотреть на день белый... и конь его встрепетнулся, нейдет, приподнимается на дыбы, опрокинулся назад. Светославич грохнулся на землю; пес взмотнул головой, лапами очи скребет, закатался по траве.

— Кто тут? — раздалось позади юноши.

Оглянулся Светославич, очи прозрели... видит седого старика, в долгой одежде, вервою опоясан, клюкою подпирается.

— Куда путь держишь, храбрый могучий Витязь? — спросил старик.

— Еду в Византию, дедушка...

— На службу Царю?.. добрый путь!

— Не добрый; огнем палит, проезду нет.

— Померещилось тебе; перевалишь Балкан, перекрестись и ступай с богом, служи верой и правдой Царю Грецкому; сам господь тебе путь укажет.

— Где ж он, дедушка?

— Господь на небеси, сударик; око недозрит Его, ум недомыслит: сотвори знамение крестное, Он придет к тебе на помощь.

— А как творить знамение, дедушка?

— Ох, дитятко, да ты не крещеный! Ну, смотри, вот, сложи персты так... клади на чело.

Светославич сложил уже персты, вдруг в очах его потемнело, голова закружилась.

— Постой, дедушка, сон клонит, мочи нет, дай отдохнуть...

— Зайди в пещерку мою, я напою и накормлю тебя духовною пищею.

У Светославича сомкнулись уже очи, ноги подкашивались; старец ввел его в пещерку; и он, обессиленный, припал на дерновую лавку, устланную свежими листьями.

— Спи, бог с тобою! — произнес старец, перекрестив его.

"Не принимай, не принимай креста!" — говорил чей-то голос на ухо Светославичу.

— Что? — произносит он во сне.

— Спи, бог с тобою! — повторяет старец, поправляя перед распятием светильню и подбавляя елею в череп человеческий, заменявший лампаду.

"Не принимай, не принимай креста!" — слышит опять Светославич, и кажется ему, что голос вьется из красного терема... терем плывет по воздуху... Видит он, в окошечке сидит девица, повторяет: "Не клади креста!.. морочит, разлучит нас с тобою!"

Светославич с умилением смотрит на образ девы. "Постой, радость моя!" — хочет он произнести... но терем исчез уже в отдалении, только слышится еще голос: "Добудь скорее череп отца!.."

И Светославичу кажется, что он уже мчится под гору, по пути к Византии. Вот светлый день заволокло туманом... Стоит посреди темного леса ветхий город, стены как копоть, черны, люди как тени, в широких одеждах, в черных покровах, ходят, поклоны кладут да молчат. "Где Византийский Царь?" — вопрошает Светославич. Ведут его в мраморные палаты... Сидит на пристольце старик с костылем, четки перебирает.

— Что, друг, — говорит, — не послом ли к нам?

— Послом! — отвечает Светославич.

— От кого?

— От Царя Днепровского Омута.

— Что, каково поживает?

— Сидит себе мирно в пучине да бурколов ловит.

— Доброе дело. Подайте же гостю сладкого меда испить из чаши, что Марко в гостинец на поклон прислал.

Вот два старичка, борода, словно белая пелена, до колен расстилается, несут на подносе куфу великую с медом да чудную чашу: белее рыбьего зуба, вышиной в три ладони, обделана в жемчуг да в яхонт румяный. Наливают в нее шипучий мед, подносят гостю незваному, Послу нежданному. Взял Светославич чашу в руки... так кровь в нем и закипела от радости. "Ее-то мне было и надобно!" — думает он, да как хлестнет вином по лицу старичков-виночерпиев Царских, да тягу... с крыльца, на коня, через город, давит людей, крик и вопль, гонит за ним погоня, а он от погони стрелой да стрелой,

110

все втору да в гору... утёк!.. устал, утомился, зной градом с чела, взобрался на высь Балкана...

— Зайди в пещерку мою! — говорит ему знакомый старец.

Рад он приюту, соскочил с коня, входит в пещеру и бух на прилавок...

Очнулся... Смотрит кругом: в камне темная келейка, стены от времени черны как копоть, в уголку на камне крест, перед крестом в черепе теплится светло[46] . Подле, на лавке, лежит старичок, руки крест-накрест, не дышит; а на полу валяется псиная шкурка.

Привстал Светославич, ищет около себя чаши... нет ее! Окинул снова взорами пещерку, увидел череп... в черепе теплится свет!.. чело в три ладони, только края как пила, и нет вокруг них ни жемчугу, ни светлых камней! — обгрыз с него обод жемчужный!.. "Старен, седой!" — произнес Светославич с досадой; схватил череп, выплеснул из него елей.

И вот любуется он черепом, доволен, что наконец добыл его. Припоминает, с каким трудом он ему достался; особенно поездка в Византию показалась ему тяжела. Припоминает погоню за собой, и холод пробегает в первый раз по членам его; боится он, чтоб у него не отняли злые люди черепа. Не поклонясь за ночлег отжившему своему хозяину, Светославич выбегает из пещерки; конь его пасется на лугу, он на коня, хвать вожатого пса — нет его!

Нечего делать, едет без пути, без дороги, долой с высоких гор в широкие долы. "Назад найду путь", — думает.

Вот проезжает Дунай. Лежит на берегу Дуная сила побитая. Долина устлана людьми ратными, а Жупан Гетманище Марко, выпучив глаза, мотается на высоком дубу, посреди холма; вокруг него висят вящшие мужи и воеводы. Носится по полю, в густом тумане, Морана с хищными птицами, считает, сколько легло.

Подъехал Светославич к высокому холму, узнал Жупана Марку в лицо, говорит к нему:

— Эй, Жупан Марко! Где путь к широкому Днепру?

---

[46] Лампада. — А. Б.

Спугнул его звонкий голос стаю черных воронов, а Жупан Марко молчит, вытулил очи, высунул язык, словно дразнит Светославича, закачался, отвернулся от него.

Слез Светославич с коня, толкает ногой лежащих на земле ратников.

— Эй, добрые люди!.. поведайте, где путь к широкому Днепру?

Лежат, не отвечают, только стаи грачей каркают, да сороки трескочут, перелетая с трупа на труп, да псы с кровавым рылом издали лают.

— Правду молвил Он, что нет добра в людях! — прошептал с досадой Светославич; вскочил на коня и понесся лётом на полночь.

Видит, вдали сидит кто-то, при дорожке под ельничком, бренчит ладно на звонких гуслях. Подъезжает к нему.

— Эй, добрый человек, куда путь лежит к широкому Днепру?

— Беспутный! — произносит сердито Гусляр, продолжая побрякивать молоточками по звонким струнам, напевает:

Вьется вран над его головою, Тощий вран накликает братью: "Ей, слетайтесь, братики, недолго пождать, Горюн молодец истоскуется".

— Радо, Радо! откуда ты взялся! — вскричал Светославич.

Гусляр вздрогнул, гусли выпали из рук у него.

— Нет Радо,— произнес он,— да, был Радо да сгинул!.. недавно младовал Радо, змея уязвила его!.. Скинь машкару, садись, споем ему конечную песню.

— Нет время, Радо; укажи мне путь на полночь.

— Иди к Вояне, она и тебе путь укажет, и тебе скажет: беспутный!..

— Ну, веди к ней.

— К ней?.. Вояна молвила грозно: "Иди от меня в темную полночь!" Иди к ней, она и тебя изгонит, а люди вслед за тобою пойдут, проводят тебя за город лозою, с честью, с бубнами да с дудками... прощай, скажут, великий Пан Жупан, ладно на гуслях играл!..

— Вояна изгнала тебя? — произнес Светославич задумавшись.— За что ж изгнала она тебя? — продолжал он.

— А вот как было. Жупан Марко дал мне Вояну, дочь свою, и Царство свое дал. Вот и взял я за себя Вояну, и Царство хотел взять же. Говорю ей: "Ты моя, и Царство мое же..." А она говорит: "Нет, ты мой, и Царство мое же. Я, говорит, буду править Царством, а ты играй на гуслях, и пой, и теш меня". И стала править Царством. Играл бы я себе, жил бы припеваючи, да нет! раднее камень долотить, железо варить, измирать смертями, да не жить бы под властью жены! жена — мирской мятеж! Вояна взялась рядить по закону, а по закону Царю дается Царица, да семь жен, да триста положниц; и Вояна захотела, кроме меня, Царя, еще семь мужей, да триста положников. Заголосила тоска в душе! "Не могу!" — сказал я ей. "Беспутный,— промолвила она,— иди от меня! не пойдешь, велю проводить!" И проводили меня. "Играй, говорят, по селам, в гусли!" Я заплакал да и пошел. Ой, горе, мое горе, не звучит радость на сердце, все струнки полопались!

Радо приподнял гусли, заплакал.

Вздохнул Светославич, жалко ему стало.

"Что,— думает он,— и меня изгонит от себя красная девица?.. Нет!.. не изгонит... я не умею играть на гуслях!" — отвечает он сам себе.

— Пойдем со мною к Киеву, Радо, там много красных девиц.

— Нет, нейду, брошусь в воду,— отвечает Радо.

— Здесь поле, нет воды; а там Днепр широкий, а в Днепре живет Омут. Сослужи ему службу, он тебе даст Вояну.

— Вояну! — вскричал Радо.— Нет, не хочу! у Вояны семь мужей, триста положников! не хочу, не хочу! Здесь, под ельником, иссохну, буду звучать да звучать, покуда стихнет душка с измолкшей песней.

— Ну, умри, Радо,— сказал Светославич,— людской дедушка Мокош сказал: в гробу мир. Прощай.

— Прощай, не ведаю, как тебя величают.

Помчался Светославич, а Радо заиграл на разладных гусельцах горькую песенку; плакали звуки.

VI

Едет Царь-Царевич от Новгорода в Восточные земли.

Тихо едет.

Горюет о чем-то Владимир.

Больно горюет.

Никто не ведает, откуда пришла печаль его, на каких крылах прилетела.

Горюет он, да не забывает дела.

Новобраные рати холмятся около Новгорода. Весь Новгород надел шапку железную, мечом опоясался.

Развевается стяг Господский на Вече, строятся около него челки полковые, тянутся за вал наряды и возы. Ходят по улицам стрельцы, на ремне через плечо кистень шестоперый да тул полон стрел, перённых орлиными перьями, обвиты около ушей золотыми нитями; пытают они, гнутся ли рога из белого рыбьего зуба, звенят ли полосы[47] каленые, поет ли тетивочка шелковая, верен ли глаз, метка ли рука. Не пролетай, черный ворон, через Новгород, снимут тебя с поднебесья; вейся, ластовица, кружись, сизый голубь, — не бойся, не тронут.

Выезжают конюхи-доспешники борзых коней, гладят их, чистят, охорашивают, в очи целуют.

Наряден стоит Княжеский полк Новгородский подле стяга Господского у палат; доспехи горят серебром и золотом, кольчуги искрами рассыпаются, червленые чревья[48] по колено, на плечах багряные мантии. В руках сила, в очах смелость.

Дивуются им люди жилые, гости и все люди Новгородские.

"Берегите, — говорят им, — нашего Князя, вы город его".

Варяжская дружина также красна и радостна; она скопилась на Торговище, у Варяжского Подворья. Там сидит Зигмунд, пьет пьяный мед, Княжего Указа ожидает.

---

[47] Здесь: клинки для рубки, не заостренные с конца, как у древних ариев (см. комментарии к "Райне"). — А. Б.

[48] Сапоги. (Прим. Вельтмана.) Чьревье в древнерусских памятниках — то же, что черееье (ср. черевики — общеславянское название обуви). — А. Б.

114

Дивятся люди на их длинные спады, на их кованые железные доспехи, на их нагрудники с печатями, на их щиты великие с ликом солнца, на их секиры тяжкие.

Вот посылает Владимир Зигмунда Брестерзона с дружиной Варяжской воевать Князя Полоцкого, мстить ему за насилие Новуграду, требовать от него покорности и дани. Сам же собирается под Киев, шлет гонца к Ярополку с книгами писаными.

Пишет:

"Целовал ты, брате, светлое обличив, ходить тебе со мною по одной душе, а ты ныне, брате, вражды искал, переступил, затерял еси правду, изгубил Олега, ударил на свободу разбоем, обидел меня и обрядил волость мою — чим благословил отец мой, Князь Великий Светослав,— на поток и разграбление; порушил уставы отца и иду на Господский Суд с тобою не лукавно и мечом решим правду по закону".

Повез гонец в Киев весть недобрую, каленую стрелу да острый меч.

А Зигмунд обложил уже Полтеск[49] , велит сдаваться Рогвольду на милость. Рогвольд кидает назад ему стрелу с грамоткой, свищет ответ тучею стрел; надеется он на крепкие забрала свои и на гребни стен, унизанных ратью, словно светлыми камнями.

Подвозит Зигмунд, муж хитрый, ко оградам Дела ратные[50] и Пороки великие[51] и стал бить стены; и бросает каленые камни в город, рушит, поджигает домы; ставит к пробоям лестницы, взбирается на вал, сыплет стрелы и пращи... Рубит мечом, режется ножами.

Возопили Плесковцы[52] , дали плечи, да некуда бежать.

---

[49] Полоцк.

[50] Tormentum — камнебросец; впоследствии делом называлась пушка.

[51] Стенобойные орудия. (Прим. Вельтмана.) Это тараны; древнее слово "порок", встречающееся уже в Лаврентьевской, Ипатьевской и Новгородской I летописях, происходит от древнеславянского "перу" — бить (ср. Перун — бог грома и молнии).— А. Б.

[52] Псковичи; от старого написания "Плесков".

Рогвольд засел в Замке своем. Ожесточились Варяги, раскидали высокий тын по бревну, проломили ворота.

Бьется сам Рогвольд; с обеих сторон у него по щиту: по сыну родному. Отразил он Варягов, гонит назад; а Зигмунд навстречу ему.

Прилег Рогвольд к сырой земле кровавым телом, изрублены в мелкие куски железные щиты его — два родных сына.

Не было бы пощады и Рокгильде, горделивой деве, красной дочери Рогвольда, от злобных Варягов; распустили бы ее длинные косы, свеял бы полуночный дух ясную зорю с раннего неба, истекла бы ее душа горькими слезами, да приехал сам Владимир в Полоцк. Успела Рокгильда упасть к нему в ноги, молиться о смерти, пощадить от стыда.

— Не жалуйся на меня, — сказал он ей, — не хотел я гибели отцу твоему, недобром поискал он меня, недобром взыскало и его время. Новгород выместил обиду; а я заменю тебе отца и братьев.

— Молила я тебя о жизни отца и братьев... о своей жизни не молю! Не свой кров, дай мне общий кров с ними — могилу! — гордо произнесла Рокгильда, приподнимаясь от земли и накинув пелену на голову.

Но Владимир так ласково, с таким участием говорил ей об отце ее. Владимир спас своим появлением и ее, и весь Полоцк от насилия Варягов...

Владимир сказал ей:

— Рокгильда, я просил тебя у отца твоего... твоя красота славится в Новгороде... я хотел быть сыном его, а не врагом; не отвергни же ты добрую волю и кров мой.

Смилилось сердце Рокгильды; по вспыхнувшим ланитам покатились слезы, да не утупили румянца.

— Возлюбила я тебя, Владимир, — сказала она, — как брата возлюбила, а женою не буду; мой обруч у Князя Киевского; ему обещана отцом; да не хочу быть и ему женою, приму обет Брудгуды.

Владимир ничего не отвечал на слова ее; но когда дела в

Полтеске были уже устроены и собирался он ехать к дружине своей, идущей под Киев...

— Едешь со мною, Рокгильда? — спросил он таким голосом, на который заруменившаяся Рокгильда ничего не могла отвечать, кроме:

— Еду, Владимир.

VII

Затуманилась даль, закрутились от севера тучи, повисли над Днепром грозою; взвился вихрь, метет, срывает тесовые кровли с горниц, повалуш и теремов, бьет молонья, палит Киев, а дождя ни капли.

— Недобро Киеву! — говорят люди.

Возмутилась душа у Ярополка. Гонит он от себя наложниц и псов, боится поверья: "враг в них живет". Призывает Блотада, слуг хоромных, велит читать мольбу и сам читает. Бледен, дрожит, такой грозы не бывало над Киевом; дрожит и весь терем, дрожит и земля, удар разит за ударом, струятся пламы[53] по воздуху, день покрылся ночью, ночь обдалась пожаром.

Бежит на коне по чистому полю, по пути от Новгорода в Киев, всадник; широкий красный плащ вздувается на нем. За ним следом еще два всадника, один с значком на копье, другой с золотым кривым рогом через плечо.

Бьет их ветер в очи, осыпает прахом, блещет молонья на доспехах, вьется около красной манты.

Скачет всадник от Новгорода к Киеву, везет грамоту от Владимира Господаря Новгородского к Князю Ярополку Киевскому.

— Не добро везет Киеву! — говорят люди, провожая его в двор Княжеский.

Еще не успокоенный после страха, Ярополк читает книги Владимира.

Смута томит душу его, совесть будит раскаяние, слезы

---

[53] Всполохи. — А. Б.

брызжут из очей, он хочет слать Владимиру дары навстречу, просить умириться с ним, забыть обиду, делиться с ним Волостью; но Свенельд задорит самолюбие Ярополка.

— Проси себе мира у Великого Князя Новгородского, шли поклон, дани и дары со всех областей своих Новгороду, установи покорностью своею старое первенство стола Новгородского.

Отправляет Ярополк посла Владимирова назад, без ответа.

Затрубила по Киеву и Властям Великокняжеская ратная труба, зашумели ветры на знаменах, забренчали кольчатые брони, застукали мечи о бедро, взвился прах по всем путям, стекаются рати.

Волнуется народ в Киеве, как море в бурю ходит валом. Не добро говорит про рать между братьями.

"Не к добру опалила гроза Киев, вихрь сорвал кровли с горниц!"

Смутен Киев, смутен и Ярополк; только у горестной Марии отлегла душа. Много печали готовили ей злые люди, да не подул попутный ветр злым умыслам.

В красном тереме Займища, как в тихой обители, жила она мирно, свято; помнила Ольгу, помнила и Владимира; молилась богу даровать Царство небесное Ольге, а Царство земное Владимиру.

Но скоро мир души ее нарушился. Однажды в рощенье[54] терема чья-то огненная рука прикоснулась к ее руке; испуганная, без памяти она бежала в терем, без чувств упала на ложе; а мамка и сенные девушки видели, как нечистый дух влетел в окно и вылетел; да Святой крест спас Марию от похитителя, крылатого Змея Горыныча.

— Не к добру! — говорили мамки и сенные девушки. С тех пор Мария призадумалась, стала ждать беды и дождалась.

Однажды приходит к ней Княжеский Думец Свенельд.

"Не к добру!" — помыслила она, и из очей ее выкатились два алмаза.

— Мария,— сказал лукавый Свенельд,— Яро полк поведал

---

[54] Здесь: в галерее. — А. Б.

мне изволенье свое. Порадуйся, красная девица, не изнывать же тебе в одиночестве...

Побледнела Мария.

— Хочет он взять тебя в свой терем Киевский; готовься прилечь на Княжеское ложе...

— Не прилягу! — вскричала Мария. — Не прилягу, не водимая; не прилягу, не венчанная!.. — и слезы градом брызнули из очей ее.

— Воли Князя не изведешь, Мария, — продолжал Свенельд, — в заутрие принесут тебе дары и одежды Княжия!..

— Не буду положницею Князя! не буду! — повторила Мария, заливаясь слезами.

— А жаль мне тебя!.. — продолжал Свенельд. — Добро-лика ты и кротостию и благонравием преисполнена; не под стать бы тебе вкупе жить с потешницами Князя, с Ефиопскими девками.

— Сжалься надо мною!.. умру, а не буду в тереме Княжеском!..

— Рад бы помочь... да воля Княжая непреложна; умолил бы Князя...

— Умоли его, — перервала Мария, припав на колена, — умоли!..

— Умолил бы, — продолжал Свенельд, — чтоб отдал он тебя мне в жены, да лета прошли...

Мария, пораженная новым предложением, приподнялась с земли и не знала, что ей говорить лукавому старику.

— Нет! — произнесла она наконец. — По душе своей не опорочу себя; а по закону моему не буду женой идольника!.. не повью головы своей Русальной пеленою! Оставьте меня под кровом божиим, умру Белицею...

— Не право ты говоришь, Мария; красота твоя не келейная, жить тебе в снарядном дворе, в муравленом тереме, а я не идольник, кланяюсь Свету небесному... а воля твоя, избирай любое... Проведает Князь противность твою, изгонит он остальных Эллинских попов из Красного двора, спалят лики богов Эллинских, что дала тебе в наследие Ольга... Прощай...

— Постой, постой! — вскричала Мария, обливаясь слезами.

— Что прикажешь?..

119

— О, дай помыслить, дай избыть прежде слезы.

— Ну, вот тебе три дня на думу, избирай любое!..

Свенельд оставил Марию.

Почти без памяти от слез Мария; ходят около нее мамки и девушки; любопытство томит душу старухи. "Что-то ей наговорил Думец Княжеский, Варяг?" — шепчет она; хочется ей выпытать у Марии.

— Привести бы тебе, сударыня, ворожею; поворожила бы она, что за туга у тебя на сердце...

— К чему ворожить, мамушка, ворожбой от горя не отворожишься!..— едва произносит в ответ Мария.

— Да что ж это за горе!.. Да не плачь, государыня, не плачь, не мути сердца; о чем тебе слезы проливать? Сядь к оконцу да подивись на божий день; послушай, под оконцем красно щебечет сизая ластовка; а Сопец на лугу песню пискает: не горюй, душа красная девица...

— Оставь меня, мамушка, оставь меня! — умоляет Мария неотвязчивую старуху.

— Эх, дитятко! да что у тебя на сердце за дождевая туча? ливнем льет!.. Да сядь же под оконце! Утри ширинкою жемчужные слезки!.. То-то послушала бы я соловьиной твоей песенки!.. А за каким делом, сударыня, приходил к тебе Думец Варяг?.. Уж не он ли, вражий сын, намутил душу?.. Да не будет ли сам Князь?..

Мария молчала.

— Да скажи ж, девица! пугаться нечего... Припасти бы ему гощенья, послать бы ему браные паволоки... Принарядилась бы ты, сударыня...

Мария ни слова не отвечает, смачивает белую пелену слезами.

Старуха прогневалась, зашептала неласковые речи; ушла с досады, готовиться к приему Князя.

— Уж так,— говорит,— будет он сам!.. недаром прислал Думца наперед, недаром перепугалась девица.

А Мария изнывает в слезах; на сердце дождевая туча ливнем льет. Стонет душа ее, как горлица.

Много на белом свете радостей, да не всем в удел.

Тяжко, как наляжет ночь на душу; темная ночь, не горит на небе ни одной надежды звездочки.

Жизнь неласковая мачеха, слезы пьет, горем людским питается.

VIII

Между тем передняя Новгородская дружина приближалась уже к Киеву.

Овруч сдался без бою; и в Овруче вся рать должна была ожидать прибытия Владимира. По приказанию его она расположилась вокруг могилы Олеговой.

Недолго Владимир заставил ждать себя.

Приближаясь к городу, он прослезился, увидев зеленый холм, возвышавшийся посреди дружины его.

Встреченный радостным криком воинов, он велел петь тризну по брате и готовить страву[55] .

Своими руками набрал Владимир полный шлем земли и сложил на могиле; воины последовали его примеру, и могила стала горой.

Девять дней совершал Владимир печальный обряд воспоминания и звал тень брата на суд с Ярополком; потом, развернув стяг Владычний, двинулся с соединенной дружиной своей под Киев.

На гордом коне в яблоках, под красным ковром, едет Владимир за стягом, окруженным Княжескими щитниками. Сверх зеленого бехтерца с золотыми разводами на нем златой панцирь; на плечах багряница Княжая вся в золотых источниках. На голове остроконечная шапка, лаженная многоцветными камнями; в правой руке булава.

Находившаяся в Искоростене передовая рать Киевская отступила к Радомыслу, от Радомысла к стольному граду.

Не встречая сопротивлений, Владимир расположился между селом Дорожичем, при вершине Лыбеди, и селом

---

[55] Страва, тризна — погребальные обряды древних славян.— А. Б.

Капичем, при речке Жедане. Левое крыло его примыкало к берегу Днепра, который был унизан Варяжскими ладьями, пришедшими с Зигмундом Бребтерзоном от города Белого,

Княжеский намет раскинулся на холме близ Капича.

Солнце уже тлело на Западе за темными лесами правого берега Днепра; легкие вечерние облака, как пепел, покрывали его.

На высотах Киевских потухали златоверхие горницы и высокии[56] , затмилась даль, стихнул шум в стане.

Устроив рать и нарядив сторожей, утомленный Владимир, после пути и горькой думы о раздоре с братом, забывался уже на мохнатом златорунном ковре, разостланном среди шатра.

Но по обычаю ратному, во время ночи воин не разоблачался. Поверье говорило: "на войне не ленитеся, не лагодите, не сложите с души бодрость, с тела оружие: не остражив себя, внезапу человек погибает".

И Князь лежал в бехтерце, в кольчатой броне, окутавшись в мантию, подбитую горностаем; только вместо тяжкого шлема на голове его была Княжеская шапка с пушистой собольей обложкой. Оседланный конь подле намета зобал сыченое пшено; сонный конюх держит его за уздечку. Близ откидной полы, опираясь на секиры, стояли стражи, молча считали ясные звезды на небе.

По долине протянулись туманы, со стороны полуночи играла зарница, вдали на реке заливался рожок; темная ночь лежала от земли до неба.

И вдруг повеял резкий ветерок, зашелестел полами и золотыми кистями Княжеского намета, Днепр зашумел, повалила волна на волну.

В это мгновение Владимир заснул; думы его как тучи понеслись в мир отражения прошедшего на бесцветной бездне будущего; видения роились, росли в отдалении... радужные полосы потекли Днепром между зелеными, крутыми берегами... из ярких пятен образовался Киев, блистающий

---

[56] Здесь: верхние этажи древнерусских дворцов. — А. Б.

золотыми верхами теремов и башен... тени, окутанные в прозрачные облака, превратились в несметную рать...

И видит Владимир... Взволновался весь Киев, взбурился Ярополк, идет на него... перебегает свет по шлемам и доспехам, посыпались стрелы, зашипели... быстро налетели Киевляне на Новгородцев, смяли их...

Кровью облилось сердце Владимира, зароптала душа жалобы. "Звезда, звезда моя! где ты!" — произносит он, шарит рукою около себя, ищет меча... а враги окружают уже ставку его... Но кто-то в золотой броне быстро мчится к нему... и крикнула в это время стража подле ставки Владимира: "Слушай!" — а вдали прокатился гром, и резкий ветр захлопал полами шатра.

Вскочил Владимир, обданный ужасом.

— Это ты, помощь моя! — говорит он, выбежав из ставки и вырвав уздечку из рук дремавшего конюха; стражи, встрепетнулись, видят, что Князь вскочил на коня, быстро помчался по пути, идущему через вершину Лыбеди. Пробудившиеся Гридни и Рынды не знают, следовать ли за ним? он не приказал.

Мчится Владимир чрез цепь сторожевую, конь его режет ночь наполы, свищет...

— О, мочный ветр дует! быть ненастью! — бормочет про себя воин, мимо которого он проносится. Во тьме кажется, что не один он скачет, с кем-то говорит, как будто держит спутника за руку и рядом, дружно, не отстает, не опережает его. Заиграет в тучах зарница, озарит предметы... нет никого с Владимиром, едет один-одинехонек, а ведет с кем-то речь.

"Возлюбил я тебя больше души своей! — говорит он.— К чему ж заковала ты себя в доспехи, увешала оружием, повила голову тяжким шлемом, обнесла свое сердце железной оградою?.. или не в память тебе, кто устами спалил тебя?.. или не в память тебе, как над Волховом плыл ясный месяц, загляделся в теремное оконце?.. Тогда не валы воздымались речные, воздымались девичьи перси; не ветрец взвевал мои кудри, а дух твой; не пищу уста принимали — лобзанье!..

Промолви хоть слово, куда мы бежим?.. Рать моя гибнет!

ты не подашь мне руки на защиту, ты стала слабой женою!..
Куда ж мы бежим?.. Не ведешь ли меня к колыбели?.. Сын или
дочь? скажи мне, промолви, Царевна!.."

Нет ответа на слова Владимира.

"Молчанье — недобрая дума! — продолжает Владимир.—
Говори! и ни шагу вперед! Безмолвна, Царь-девица, отвечай,
Царь-Царевич! Куда мы бежим?.. Стой! не еду! не еду от рати
своей! она погибает, и мне погибать с нею вместе!.. Жена!..
кованый перстень тебе бы надеть, а не броню! Что руку мне
жмешь? что слова не молвишь?.. Прочь от меня, соблазн
окаянный!"

И Владимир осадил на всем скаку коня, отдернул от кого-то
свою правую руку. Вдалеке певень залился.

"Куда ж ты, куда! стой, Царевна! я еду с тобой! — вскричал
Владимир, стиснул коня и помчался снова частым бором.— Еду
с тобой! еду!.. где ж ты?.. где?.."

И смолк голос Владимира стоном; захрустели сухие сучья в
трущобе, в глуши вспыхнул призрак, рассыпался в искры,
потух.

Мрак ходит по лесу, каркают враны, гнездясь на сосновых
вершинах, ветер гудит по ущельям, стонет птица ночная,
горлица плачет, хохочет враг-полунощник — заливается зло.

В глубине леса, под кровом убогим, сидит чернец над
книгой, разбирает дивные письмена; душа его переливается в
тишину золотых начертаний. Невнятны ему бури земные;
видел он жизнь с обеих сторон; тешился он, любовался он
румяным цветом — надеждой: и это цвет польный! — Видел он
двух голубей, зло и добро, не живут друг без друга! Слышал он
тайные мысли любви: "Питай меня,— говорит он,— питай! а не
будешь питать, я огонь, я потухну или прильну к другому
горючему сердцу!" Знал он и славу, слава — крылатые толки
людские,— что в них?

Горит перед старцем светоч, как перед иконой; на черном
головуке его нашито белое крестное знамение, на обличий
смирение и мудрость.

Внезапно, отклонив очи от книги, старец приложил ухо к
окну, ему послышался на дворе мгновенный шум и стон.

Чрез несколько времени снова шорох, захрустели сучья, конь фыркнул.

— С нами бог! — произнес шепотом старец. Сотворив знамение, он взял светло и вышел из хижины.

Видит, близ плетня стоит конь оседланный. Заржал конь, как будто обрадовался старцу.

"Тут должен быть и седок", — думает старец, приближаясь к плетню.

Подле плетня лежит человек в ратной одежде; но без шлема, без покрова, и без памяти распростерт он на земле.

— Жив ли он? — произнес старец, расстегивая броню и приложив руку к его сердцу.

А конь ржет тихо, радостно, преклоняет голову к беспамятному Господину своему, обнюхивает его.

— Хвала вечному, жив! Обличив его добросанно, на устах кротость, на челе мир, на одежде злато, — то светлый муж!

И старец с трудом приподнял неизвестного, понес в свою хижину.

Конь идет за ним, провожает его; только низкие двери остановили коня у порога.

IX

Между тем как Радо допевал свою конечную песню, а Владимир скакал за привидением; между тем как Императоры Василий II и Константин VIII теснились на престоле Цареградском, как близнецы в чреве матери, и не ведали того, что Отто II, Император Альмании, с своими Форстами, Графами и Бишофами, взят в Италии соединенною ратью Греков и Сарацин в плен и выкуплен из плена voor weynigh geld Русским Купцом Рафном, который старого щедрого покупщика мехов своих узнал в толпе окованных... между тем как сей же Отто называет Царем Рима новорожденного сына своего Отто III, — Светославич добрался до реки Днепра; но не прямым путем. Не имея у себя проводника и не полагаясь на слова верных людей, он ехал назад по своим следам. Берегом

Русского моря добрался он до Уряда Бошнякской Жупании, хотел было заехать в гости к Вояне, но ему сказали люди, что Вояна занята Господским делом: выбирает себе семь мужей да триста положников новых, а всех старых мужей и положников сажает на кол.

Светославич поворотил от Уряда влево, по пути к Киеву, поскакал быстро. Пробравшись в царство Русское, видит он, что все люди в пояс ему кланяются, Князем Владимиром величают.

"А! — думает он. — Так вот истинное имя мое".

Вечер настиг Светославича невдалеке уже от золотых верхов Киева.

"Близко, близко Днепр! — думает он.— Близко мое Яркое злато, красное солнце девица!.. Нет, не изгонит она меня от себя... я не Радо, я не Гусляр; а Царь Омут сказал: Днепровское царство будет мое, и она моя же... моя же будет!.. я все сделал, что хотел Царь Омут, и Царь Омут сделает все, что я хочу... а я хочу целовать румянчики на светлом лике девицы... да ласкать ее, а больше ничего не хочу... не хочу и Царством править... пусть правят люди..."

Сладкие думы налегли на душу Светославича, а железный шлем давил чело, холодный ветер обдавал силы холодом, тряская рысь коня разбивала мысли; а Светославичу хотелось, чтобы никто не нарушал его сладких дум.

Слез он с коня, пустил его на траву, приблизился к мшистому корню густой липы; а под липой лежит шитая золотом, обложенная соболем покойная шапка, лежит и манта багрецовая, подбитая горностаем. Сбросив с себя шлем, надел Светославич пушистую шапку, накинул на плеча горностаевую багряницу, прилег на муравчитое ложе, положил под себя череп, погрузился в сладкие думы... Откуда ни возьмись, сон, припал на ясные очи, притрепал их крыльями...

Прошла ночь черной тучей от востока к западу, заиграла румяная заря над синею далью...

Спит Светославич.

А из-за дерев голос: "Конь! Княжеский конь!" Потом несколько голосов: "Княжеский, Княжеский, Владимиров!"

И вот толпа всадников окружила Светославича. "Князь, Князь! — закричали все они и продолжали шепотом уже: — Опочивает!"

Шум разбудил Светославича; очнулся он, видит вокруг себя ратных людей... Низко ему кланяются, величают Князем Володимиром, просят прощенья, чтоб не гневался на них, чтоб шел обратно с ними в стан.

"Ярополк, брат твой, прислал Посла, молит о мире, — говорят они ему, — не гневися на нас, Господин наш, иди с нами, положи волю твою на дружину и на Киев! оставил ты нас, уныло сердце наше, боялись, не враги ли исхитили и извели тебя!"

"Не обманул меня Царь Омут", — думает Светославич, садясь на коня и отдавая одному из воинов везти череп.

Чинно провожают Светославича воины. "Ну! — пошептывают друг другу, рассматривая череп. — Был, верно, Князь на поединке с Башкой Половецким! ну! добыл чашу заздравную!"

Вот подъезжает Светославич к стану, вся рать с радостным криком встречает его, Княжие отроки ведут под уздцы коня, Княжие мужи под руки ссаживают с седла, Воеводы и Тысяцкие земно кланяются, провожают в шатер...

— Княже Государь, — говорят ему, — ждет тебя Посол Ярополков, прикажешь ли идти к тебе?

Нравится Светославичу честь Княжая.

— Ведите его ко мне! — отвечает он.

Вводят Блотада Грима, Думца Ярополкова. Поклонился он Князю до земли и просил о дозволении слово молвить.

— Говори! — сказал Светославич.

— Государь Князь Великий Новгородский дозволяет тебе вести к нему речь от Князя Киевского Ярополка! — повторил важно, по обычаю, Думный Воевода Княжеский,

— Дозволь, Государь Княже, слово Ярополково молвить тебе без послухов[57].

Думные Воеводы и Тысяцкие надулись уже на дерзкого

---

[57] Свидетелей; термин древнерусских судебных актов. — А. Б.

Посла и ожидали гнева Владимирова; но Светославич приказал всем выйти.

Дивились Думные Воеводы, Тысяцкие и Гридни обычаю Княжескому и воле, выходя из шатра.

— Государь Князь Великий,— начал Блотад,— брат твой Ярополк прислал меня склонить тебя на мир и любовь. Зовет он тебя, брата любовного, в гости к себе, в Киев, на пир почестный; там, говорит, будем мы рядить о волостях и наследии и дружно, как любовные братья, поделим землю...

— Молви ему, буду,— отвечал Светославич.

— Государь Князь Володимар Светославич,— продолжал Блотад,— вижу, ты добр и милостив, дозволь мне говорить истину, без хитрости.

— Ну!

— В брате твоем злоба... и клюка в душе его...

— Ну! — повторил Светославич.

— Не веруй ему... хочет он избыть тебя... зовет на пир кровавый, хочет исхитить власть твою насильем... клялся исхитить у тебя и красную Княжну, невесту свою...

Трепещущим голосом произносил Блотад наветы. Внутренне раскаивался уже в неосторожности своей; ибо очи Светославича загорелись яростью.

— Злобный! — вскричал Светославич.— Власть мою и красную Княжну исхитить хочет!..

Ожил Блотад.

— Княже, Господине мой,— продолжал он,— слышали люди Киевские про славу твою и ласковую душу; а Ярополка невозлюбили за неправду; ты, Государь, по сердцу им. Возьми Киев, владей; а Ярополка накажи немилостию за умысел на жизнь твою. Призови его к себе, и пусть падет он в яму, тебе изготованную.

— Будь по-твоему! — вскричал Светославич.

Блотад торопился воспользоваться сим словом, низко поклонясь, он удалился.

Воевода Княжой вошел в шатер, за ним следовал отрок.

— Государь Князь Володимир,— сказал Воевода,— Княжна

Рокгильда Полоцкая прислала к тебе, Государь, отрока здравствовать тебя и звать на Капиче в терем.

— Коня, коня! — вскричал Светославич, вспыхнув от радости, и скорыми шагами вышел из шатра.

Конь готов, пляшет под Светославичем; он едет вслед за отроком, за ним мчатся Гридни и Щитники Княжие. Только глубокая лощина разделяла село Капиче от холма, на котором был расположен стан Владимира.

Обогнув лощину, отрок помчался чрез село; на возвышении стоял красный двор Боярский, обнесенный дубовым тыном.

"Она живет не в том уже красном тереме, где видел я ее?" — думал Светославич, въезжая на широкий двор и соскакивая с коня между столбами подъезда.

Почетные Княженецкие жены и девушки встретили Светославича на ступенях крыльца. Ни на кого не обращал он внимания, не отвечал ни на чьи поклоны, почти бежал по крытым сеням и чрез светлицу между рядами встречающих его. Княжна Рокгильда встретила его в дверях своей горницы; черный покров упадал с чела ее до помоста, и сквозь него видно было только, как блеснул огонь очей ее; но при входе Светославича очи ее поникли.

— Радостная моя! — вскричал Светославич порывисто, схватив ее руку и готовый упасть в объятия.

Рокгильда остановила порыв его.

— Сядь, Князь,— произнесла она тихим голосом,— будь дорогим гостем у меня... скажи мне, где был ты? я боялась, не сгубили ли тебя враги твои...

— О, далеко был я, далеко!.. для тебя!..— отвечал Светославич, садясь близ самой Княжны на крытую махровой паволокой лавку.

— Для меня?..— произнесла Рокгильда смущенным голосом.

В это время почетные Княженецкие жены внесли на подносах малиновый мед и на блюдах сладкие варенья, перепечи и пряженье.

— Испей, Князь, и вкуси за здравие богов, дали бы тебе

долголетие и возвеличили бы славой, — произнесла Рокгильда, приподнимаясь с места.

Почетные жены низко поклонились, напенили в чашу меду, поднесли Светославичу.

— Твое здравие пью! — сказал Светославич, поднимая чашу с подноса и выпивая до дна. — Твое, светлая моя Княжна!.. а пищи не приму, доколе не будешь ты моею!

Рокгильда молчала, смятенье ее не скрылось ни от кого. Почетные догадливые жены взглянули друг на друга, вышли, перешептывались в дверях: "Быть ладу!" Они мигнули девушкам, посиделкам Княженецким, и девушки также незаметно удалились из горницы.

— Сбрось покров свой! сбрось, Княжна! — произнес Светославич, схватив руку Рокгильды.

— Полно, Князь! — отвечала она, отступив от него. — Ты господин мой, но покрова не сниму перед тобою.

— Сбрось, сбрось покров! напои добрыми речами душу мою! не возлюбил я дни мои без тебя, ты убелила их!.. Сбрось покров! я хочу целовать светлый лик твой!..

— Светлы твои ризы, Князь, а душа обветшала! вижу, очами плакал ты горю моему, а сердцем смеялся! — произнесла гордо Рокгильда. — Да не исполню я бедной воли твоей, не изменю воле отца, не буду твоей женою, доколе жив Ярополк, — у него обруч мой!

— Доколе жив Ярополк? — вскричал Светославич, пораженный словами Рокгильды. — Доколе жив Ярополк! — повторил он. — Я убью его! отниму у него обруч твой!

— Девушки! — вскричала Княжна с ужасом, окинув горницу взорами и видя, что никого нет.

— Прощай, неласковая! — продолжал Светославич, выходя от Рокгильды. — Я исполню волю твою, добуду твой обруч!..

Голова его кружится, очи горят.

"Что бы это значило? — думают почетные жены Рокгильды, застав ее почти в бесчувствии! — Князь говорил про обручив, а вышел гроза грозой, и Княжна словно не своя!.."

X

Гроза грозой сошел Светославич с крыльца; голова его кружится, очи горят. Вскочил на коня, помчался; у стана встретили его Воеводы и Тысяцкие.

— К бою! — вскричал он, проскакав мимо толпящейся дружины.

— К бою! — повторилось в рядах; труба ратная загремела по стану.

Нетерпеливо ждал Светославич, покуда скоплялись около него полки конные.

Быстро повел он их к Киеву; Пешцы потянулись следом, развернув полковые знамена: ладьи Варяжские потянулись вниз по реке, вспенили волны.

Взвился прах до неба, солнце заиграло на светлом оружии. Видит Киев беду неминучую... не ждет воли Княжеской, высыпает навстречу Светославичу; старейшие мужи несут золотые ключи от броневых врат, несут дары, хлеб и соль; биричи[58] градские трубят в трубу, бьют в серебряные варганы.

— Будь нам милостивец, Государь Князь Владимир! — говорят старейшины Киевские, припав к земле и ставя на землю перед Светославичем дары, хлеб и соль. — Давно молили мы звезду твою посветить на худый Киев!.. Рады мы тебе, и будет нам честен и празден приход твой, Княже, Господине! Не хотим мы Ярополка, сокрушил он веру и души наши. Тиуны и Рядовичи его Немцы; а попы Варяжские не богомольцы наши; не лазили мы в Божницы их; а теперь порушили мы хоромы Варяжские, а кудесников из града изгнали; пусть идут с Ярополком в Ровню и там кланяются Черту!..

— Где Ярополк? — торопливо спросил Светославич.

— В Ровне, на Роси, бежал с своими ближними.

— В Ровню! — вскричал Светославич, обратись к полкам своим. — В Ровню! — повторил он. — Перебегите путь Ярополку!

---

[58] Глашатаи. — А. Б.

— Государь Князь, поди к нам, ряди нами по воле твоей! — продолжают Киевляне.

Не внимает Светославич речам их, ему все слышатся слова: "Не буду твоею, покуда жив Ярополк!" Боязнь, что Ярополк скроется от него, волнует душу.

Он повторяет приказ идти в Ровно, готов сам вести туда рать; но старейший Воевода молит его остаться в Киеве, люди Киевские молят его идти к ним в город.

— Ярополк сам придет к тебе с повинной головою! — говорят они.

— Не пойдет, приведем его к тебе! — говорит Воевода.

Светославич соглашается. Велит дружине идти в Ровню, добыть ему Ярополка, а сам едет в Киев, сопровождаемый Щитниками, Гриднями и старейшинами Киевскими.

"Власть моя,— думает он,— отдам Днепру череп отца, и Княжна будет моя!.. так сказал Царь Омут".

Весь народ высыпал на забрало, встречает его радостно. Идут навстречу жрецы и слуги божевы Перуновы в светлых, праздничных одеждах; несут лики златые и воздухи и свечи великие. Гремит крутой Овний рог.

Послышала радостную весть Мария, и она спешит из красного терема Займища в Киев, в толпы народа, на забрало. Стоит завешенная черным покровом, едва дышит. Видит она, идет Князь, окруженный народом. Хочет она всмотреться в очи Владимира, да ее очи полны слез; играют перед ней алмазы радужными колкими лучами, а дыхание стеснилось.

XI

— Изменил ты слову своему, Владимир! — говорит Светославичу Зигмунд Брестерзон.— На столе Великокняжеском ты не тот уже Владимир, щедрый и милостивый! Люди мои не идут к Ровне, много мы служили, говорят они, Киев взят, дай нам прежде, по закону, окуп, по две гривны с человека.

— В Ровно возьмут они окуп,— отвечал Светославич,— иди

туда, возьми город, приведи мне Ярополка или принеси голову его, и дам тебе грады, золото, коней и одежду!

— Сольстил ты, Владимир! — продолжал Зигмунд.— Слугой был я у любовного своего приятеля, а не у Князя! Даров твоих мне не надо, милости свои храни для наемщиков, а меня отпусти к Царю-граду.

— Иди! — отвечал Светославич.

— Оставайся с рабами! — сказал Зигмунд, кланяясь Светославичу, и вышел.

Думцы Княжеские и старейшины Киевские, окружавшие Светославича, дивились его мудрости, славили ее.

— Слава величию твоему! — говорили они, кланяясь.— Не вдал бедный град наш на разграбление Варягам.

Вскоре ладьи Варяжские спустились вниз по Днепру, прошли мимо Киева, подплыв к возвышенности Торберга, или Чертова бережища, они остановились. На чешуйчатом Ормуре возгласась жертва; дым вился столбом к небу; Варяги, ударяя в щиты, пели:

"Берег святой! пристанище молниеносного, древнего Тора!

Берег святой! в недрах твоих лежит Одина небесного племя!

Берег святой! хранящий останки властительных Херров[59], потомков Арея и Атта!

Берег святой! персть твоя, прах недоступный ни веку, ни тленью!

Берег святой! зеленей, процветай до скончания светлых миров!"

Быстро помчались ладьи Варяжские вниз по Днепру, перегоняя друг друга; долго слышна была еще их ратная песнь и удары щита в щит.

Но не все Варяги удалились из Киева; осталось еще много наемщиков, прослышавших, что Князь обещает грады и золото за голову Ярополка.

Пошли они искать счастья и удачи в Ровне.

---

[59] Господ (древнеисл.) Здесь название домысленного Вельтманом племени.— А. Б.

Скопилась и рать Новгородская около Ровни, облегла стены шатрами.

Войсковой Воевода шлет послов к Ярополку объявить ему волю нового Киевского Князя:

— Отопри, Князь Ярополк, Ровню! — говорят Послы.— Иди с миром к Владимиру; не пойдешь, разнесем по камню твои крепкие забрала, полоним тебя, вязаного повезем в Киев!

Возговорила гордость в сердце Ярополка на дерзкую речь Новгородцев.

— Идите! — вскричал он.— Идите назад, несите рабыничу своему проклятие Ярополка! Не отопру ему ни града, ни сердца!

Послы удалились.

Ярополк зарыдал громко, не устыдился слез, растерзалась душа его ржавой памятью.

"Карает меня Свет светов за кровь Олега; да не брату меньшему нести бы лозу на брата старейшего!"

У Ярополка два Думца, два злых соперника. Один Блотад Грим, другой Свенельд.

Блотад говорит:

— Иди к брату твоему, иди примириться, нет уже иной надежды. Ты обидел его, не дал ему части из наследства, воевал на него, насилил Новгород. Мстит он тебе, он силен, иди к нему!..

Свенельд говорит:

— Не клони главы своей пред рабыничем! Не бойся его, идет к нам на помощь Гетман Ордынский с силою великою.

И Ярополк надеется на силу Ордынскую, не внимает хитрым речам Блотада.

Исполняются надежды его. Идет от Дона сила Ордынская на помощь Князю Киевскому. Стонут степи под нею, пар от коней тянется густым туманом, свивается в тучи, поросит окрестные земли.

Узнал про то и Киев, почуял беду новую. Светославич, по совету Думцев, шлет по волостям гонцов со стрелою, собрались бы люди поголовно ратовать нового Князя.

Смута идет в волостях; ездят гонцы от двух Князей,

повсюду размирье. "Какой ты веры?" — спрашивают люди друг у друга и ведут брань и ссоры.

В это-то время медленно едет чрез волости Великокняжения Киевского Царь-Царевич. Едет он по шляху Муравскому в станицу отца своего, хочет упасть пред ним на колени, сложить у ног его ратных доспехи, хочет сказать ему: "Не Царь я Царевич, а Царь-девица!" — и выплакать женские слезы; да долго едет; взросла луна и похудела. Раздумье убивает волю. "Нет! — думает, — сокрою позор от отца и людей, поищу смерти среди чистого поля!"

Плачется сердце Царя-Царевича, тоска душу сдавила. И раскинул он шатер с золотой маковкой, пустил коня на зеленую траву, а сам горюет да горюет, не принимает пищи. И приспешник его Алмаз тоже горюет, понял причину: и ему не хочется на Дон: "Поведает Гетман тайну, беда Царице, беда матери моей, беда и мне, конюху-приспешнику!"

Едет по Муравскому шляху воин, трубит в крутой рог, вызывает могучих и сильных, на конце длинного копья привязана на крест перёная стрела. Подъезжает он к ставке Царя-Царевича.

— Гой еси, сильный и могучий Витязь, исполать тебе! Князь Владимир Новгородский и Киевский поклон шлет, просит повоевать за него. Взял он Киев, да идет на помощь Ярополку сила неведомая; а Варяги пошли в Царьград, гроза над головой Владимира, в беде он!..

— В беде Владимир! еду воевать за него! — восклицает Царь-Царевич. — Сложу за него жизнь свою!..

И быстро пустился Царь-Царевич по дороге к Киеву; отстал от него воин, отстал и приспешник Алмаз; скрылся из глаз, только облако пыли расстилается по следу.

"Не закалишь, верно, женского сердца — не железное!" — думает про себя Алмаз, гонит коня, бьет чумбуром в хвост и в голову.

Лежат серые туманы над Днепром, не волнует их ветер, не гонит к морю. Чуть слышно, как перекликается стража вокруг Ровни, эхо не ловит звуков, не играет ими, не заносит в даль.

На восходе ночь борется с рассветом. В стане рати Новгородской все еще мирно.

Пробудился Воевода, лежит еще на медвежьей попаломе, замышляет гибель Ровне. Вдруг послышался ему протяжный гул под землей... Приложил он ухо к земле, прислушался... стонет земля.

— Стерегись!.. к бою! — вскричал вдруг Воевода, вскочив с земли и выбегая из шатра. — К бою! — повторил он сторожевым и трубачам, стоявшим возле шатра.

Загремел кривой рог; да глухи звуки.

Медленно собирается в строй дружина.

И вот раздались звуки рогов и крики с поля. Скачут со всех сторон сторожевые воины. Поднялась суматоха.

"Враги, враги! — раздается по стану. — Чу! стонет земля под конскими копытами!"

А туман расстилается, зги не видать.

И вот зашипела туча стрел; гикнули тысячи голосов в долине. Валит рать, как черная волна, разливается морем, топит Новгородскую силу. Звенят тысячи щитов в один удар, новая туча стрел уныло пропела между всполошенными рядами.

Опала душа Новгородская, умолкли руки, поникло оружие...

Но шлет бог защиту... Мчится Царь-Царевич, золотая броня путевым прахом покрыта.

Врезывается он в толпы Ордынские, топчет конем тысячи, гонит душу от тела.

— Стой! — раздается к нему из толпы грозный голос. — Не руби моей рати, не топчи конем! выходи, золотая броня, на вороную!

Разъярился Царь-Царевич на дерзкого, заносит меч, махнул, отсек край щита.

— О, молод, удал! ну, держись на седле, изведай меч Пана Гетмана Ордынского.

А новый удар Царь-Царевича упал уже на шлем противника; разлетелся шлем надвое, обнажилась бритая голова с седым чупом.

Туман раздался.

Вскрикнул Царь-Царевич; поник меч в его руках, не отразил удара противника; посыпались кольцы золотого панциря... и скатился Царь-Царевич с седла на землю, и заклубилась кровь ручьем.

— Забочьте рану, смертельна ли! — произнес гордо Ордынский Гетман к людям своим, возглашавшим уже победу.

Бросились люди Гетманские к Царю-Царевичу; одни снимают шлем с головы, другие расстегивают броню, распахнули бехтерец...

— Царь-Царевич! — вскричали одни.

— Жена! — вскричали другие.

И все смолкли от ужаса и удивления.

Выпал из рук Гетмана окровавленный меч, соскочил Гетман с коня, взглянул в закатившиеся очи, как ворон голодный... и грянулся на обнаженные перси своей дочери, скрыл их собою от позора людского.

XII

"Не к добру ты слетел с золотого гнезда, белый орлович наш Гетман!

Упоил нас не славой — слезами! в добычу дал черное горе!

Утолил не чужой кровью жажду и слег на конечное ложе!"

Уныло пели Ордынцы, везли Гетмана своего и Царь-девицу между двумя конями, везли к Дону.

Пала последняя твердыня Ярополкова; сбирается он с поникшей головою в Киев.

Доходят до Рокгильды тайные слухи, что в Киеве не будет пощады Ярополку; с ужасом припоминает она слова мнимого Владимира: "Я убью его! добуду твой обруч! исполню волю твою!"

— Мою волю! — повторяет она и шлет к Князю просить дозволения прийти к нему.

С нетерпением ожидает ее Светославич.

Она входит. И он... ни слова не может произнести от радости, торопится к ней навстречу...

А Рокгильда медленными, слабыми шагами приближается к нему, падает пред ним на колена, преклоняется к полам одежды.

— Буду твоею... но не убивай своего брата!..— едва произносит она.

— Моя! — повторяет Светославич, приподняв ее с земли и сжимая в своих объятиях.— Ты моя, и Царство мое же!.. Ты не изгонишь меня, не скажешь, как Вояна: "Ты мой, и Царство мое же?"

Непонятны для Рокгильды эти слова.

— Правда... ты не мой... а я твоя... я рабыня твоя! — говорит она голосом обиженной гордости.

— Сбрось же, сбрось черный покров свой!..

И Светославич сорвал с Рокгильды покров; жаждущие уста готовы были коснуться к ее ланитам...

Но вдруг очи его остановились неподвижно на Рокгильде, голова тихо отдалялась от лица ее, руки от стана.

— Это не она! — вскричал Светославич иступленным голосом.

На звуки его голоса вошли два Гридня.

— Не она! — повторял Светославич.— Ведите прочь от меня!

"Не она!" — отдавалось в душе Рокгильды; в очах ее темнело, дыхание становилось реже и реже, стесняло грудь, голова падала на плечо.

Гридни поддержали ее, понесли под руки.

Но гордость Рокгильды не допустила ее до бесчувствия; скоро очнулась она и с презрением оттолкнула от себя Гридней.

— Я спасу Ярополка, я отмщу за смерть отца и братьев! — повторяет она без голоса дрожащими устами. Отбрасывает двери в Гридницу, и первый предмет, поразивший ее взоры... струя крови на белодубовом полу.

Рокгильда закрывает лицо руками, бежит вон. "Убийцы,

убийцы живут здесь!.." — говорит ей все. В сенях толпа людей остановила ее.

— Милости просим, милости просим! — слышит она.— Князь ваш Ярополк остался гостить у Князя в палате, а вас ласковый наш Князь указал честить и кормить в палате Боярской!

Рокгильда содрогнулась от ужаса, она поняла слова злодеев.

— Идите, идите на зов их, несите свои головы злодеям!.. Не видать уже вам Ярополка, не величать и не славить живого! — вскричала она, упадая без чувств на руки своих Боярынь, которые ожидали ее в сенях.

Толпа Бояр остановилась в недоумении.

— Милости просим, милости просим! — повторяют люди Княжеские гостям.— То полуумная Княжна Полоцкая.

— О, не добро чует мое сердце! — вскричал молодой Варяг, питомец Ярополка, находившийся в числе Щитников и Бояр его.— Братья! — продолжает он, указывая на Блотада, вышедшего навстречу из боковых дверей.— Братья! ведут нас на пир кровавый! Смотрите, злодей Блуд кровью обрызган, он продал Ярополка!

Толпа Бояр остановилась в дверях; но стража, стоявшая в другом покое наготове, окружила уже их, не смотрит на ропот, вяжет им руки. Нет с ними оружия! оружие сложено ими при входе в палаты Княжеские.

Только молодой Варяг, выхватив из рук Гридня бердыш, поразил в голову Блотада и по частям отдает свое тело насильникам.

Исполнилась воля Светославича, а он не знает, не ведает того.

— Не она! — повторяет он.— Обманули меня, люди обманули! правду сказал Он, люди живут обманом!.. а Омут не обманет, я исполнил его волю...

И очи Светославича остановились на черепе, который между золотой посудою на полке поставца поставлен был догадливыми чашниками, как добыча Князя, из ней же на пирах будет испивать он малиновый мед.

— В темную полуночь, молвил Он, когда пойдешь по Днепру... и будет мне все желанное... а у меня только она желанная!..

И Светославич взял череп, идет чрез Гридницу на выходец теремной, ни на кого не обращает внимания.

— Мрачен Князь, как ночь, — шепчут друг другу княжеские люди, — верно, братская кровь облила сердце.

С вышки открылся весь Днепр Светославичу; он узнал знакомый крутой берег; он видит рощу Займища и зверинец, ищет в отдалении красного терема, да не видать его за Германс-Клов. Только народ кишит на холме Дмитревском, вздымает Перуну обет кощунный[60].

Единогласное ура-аа-ра! раздается и вторится в отдалении.

Ночь ложится уже на землю; народ зажигает вокруг кумира смоляные бочки, увешивает стояло[61] венками и фонарями; весь город также освещен, люди ходят по улицам, ликуют, празднуют Канун.

Урядники ходят по домам, стучат в окны жезлами, повещают наутро требу богам старым, "шли бы люди на холм Дмитревский, красных мужеских жен рядили бы по обеде Русалить на дворе Княжеском, а красных дщерей хороводы водить".

Вещуны же между тем строят уряды в жертву Божичу людей и скота; а старцы и Бояре сидят на Думе, мечут жеребьи на отроков и девиц, кого зарезать на требу старому богу; они поговаривают и о Христианах, Иереях Еллинских, живущих в тереме, на Займище.

Не ведает Мария, что готовят Киевские люди чернецам, обитающим под ее кровлею по завещанию Ольги. Но она печальна, тоска нудит ее на слезы, плачет она за душу Владимира, "и Владимир поклоняется кумирам, и он готовит кровавые жертвы!".

И до Мокоша, сторожа заветных Княжеских лугов и лесов, дошли слухи о торжестве Киевском, и он сбирался посмотреть

---

[60] Здесь: жертвенный. — А. Б.
[61] Подножие.

на людской пир; но, по привычке к единообразию, обошед во время дня Займище, он забыл про сборы, лег отдохнуть, уснул; проспал бы, если б от огней Киевских не загорелось полуночное небо.

Вскочил Мокош, кликнул пса, идет торопливо, клюкой подпирается.

"Эх, — думает, — запоздал! а людям Князь Володимир корм и сологу дает!"

Опустясь в лощинку, за Урманским садом, где разделялись дороги, идущие из Киева, он встретил двух чернецов с костылями в руках.

— Добрый человек! — сказал один из них. — Укажи, пожалуй, путь к красному терему Займища.

— Ох! чернецы вы Еллинские! — отвечал Мокош, положив обе руки на свой костыль. — Не здесь бы идти вам! идет тут тропа в мою изобку да в рощенье Княжеское; большим бы путем на Лыбедь идти, да влево.

— Проведи нас, добрый человек, к красному терему, заплатим мы тебе словом и делом.

— Эх, не час мне: в Киев поспешаю; ну, пойдем, пойдем, уж добро!.. А чай, там Князь Володимир корм и мед людям сыплет. Милостивый, говорят, про людей да и строгий, ох строгий! родному брату, Господину нашему Ярополку, снес голову!..

— Правду ли ты молвил, добрый человек? — сказал один из чернецов. — А я слышал, что Князя Владимира и в Киеве нет; уж не иной ли какой Князь в Киеве? не обмолвились ли люди? не Ярополк ли снес голову Владимиру?

— Видишь, не так люди молвят... — отвечал Мокош... — Ну, да сам не видал, не ведаю, правда ли, нет ли.

Выбравшись из густых кустарников, по которым вилась дорожка в поле, и поднявшись на холм, Мокош ухнул, остановился и подперся костылем.

— Ну, смотри, словно жаром горит вышка Чертова холма!.. а уж какие страсти!.. Дивились, дивились люди, порассказал я им про вражьего питомца), а веры нет! сонной морок, говорят... сонной морок! своими очами зрел! Ох ты, сила великая,

141

небесная, чудо какое! голжажни соли не съел, а он, дивись, дитя малое, молодец молодцом взрос! стал ровно вот литой Князь Володимир!..

— Когда ж это было, дедушко?.. Да видал ли ты Князя Володимира?

— Видал ли!..— отвечал Мокош, продолжая путь.— Сестра моя была мамкою у него; по ней и мне честь была, дали избу в Займище да Княжеские хлебы, стерег бы лес да луга...

— Узнаешь ты меня, добрый человек? — сказал чернец, заводивший речь с Мокошем, обратясь к свету, ударявшему на холм от Киева, и откинул с чела покров.

Мокош взглянул в лицо ему и остолбенел.

— Ох, да откуда, голубчик, ты взялся? — наконец произнес он.

— Узнал ли ты меня? — повторил чернец.

— Как не узнать... да это не дедушко ли твой... что учил тебя Еллинской премудрости?

— Да ты почему ведаешь то?

— Ведаю, ведаю, голубчик, сам ты говорил... ну, прощай!..

— Куда ж ты, куда, добрый человек?

— Нет, голубчик, нет!.. нейду!..— отвечал Мокош, вырываясь из рук чернеца, который хотел его удержать.

— Да доведи нас до терема и ступай себе с богом.

— Нейду! — решительно отвечал Мокош.— Нейду!.. Ты такой отважный, в беду введешь!

И Мокош поворотил назад, скорыми шагами удаляясь от чернецов, нашептывая:

— Эллинский питомец!.. Уж то они ведьство творят!.. блазнят людей в свою веру!.. Поповым зельем поят, влаялись бы... благо что не шел с ними!

— Чудны дела твои, боже! — произнес чернец, смотря вослед Мокошу.— За кого признал меня этот человек?.. Сон или истину поведал он?

— От бога не скрыты тайная! — произнес, молчавший до сего времени, другой чернец.— Брат по богу, Владимир, оставь думы, вижу, омрачает душу твою любочестие; забудь прошлое, откинь мир, исполнись богом!

— Отец святый! не называй меня Владимиром, не ведаю сам, кто я... избыл я веру в память свою, в очи и в слух!..

— Наложи на себя знамение крестное, брат по богу; дьявол искушает веру твою, дьявол искушал и Господа... Пойдем, не далеко уж мы от Краснаго дворца, слабыми очами вижу, светится его златая кровля; чу, и благовест всенощной!..

Углубленный в думу сомнений, последовал чернец за спутником своим.

Красный дворец открылся из-за рощи; чернецы подошли к воротам, постучали в калитку ворот.

— Кто там? — раздался голос с вершины стены в небольшое оконце.

— Брат по Христу, Иларий,— отвечал один из чернецов.

— Во благо пришествие твое! — произнес голос привратника, и вскоре засов заскрипел, дубовая, кованная железом калитка отворилась.

— Благослови, святый отец! — произнес привратник, кланяясь земно.

— Бог да благословит тебя! — отвечал чернец, сотворив над ним знамение.

— Веди нас к благоверной Марии!

— Благоволи следовать за мной, святой отец. Мария только что вышла от всенощной.

И два чернеца последовали за привратником. Он провел их по длинным сеням в светлицу; просил помедлить, покуда скажут Марии о приходе их.

Чернецы сотворили знамение, поклонились образу и молча присели на лавку.

Вскоре вышла Мария, облаченная в черную одежду, под покровом, сопровождаемая старухой мамушкой и несколькими девушками.

— Святый отец Иларий! — произнесла она, подходя к старейшему из чернецов.— Волею или неволею принес тебя бог ко мне, учитель мой?.. Давно не поил ты души моей потоком святых речей!.. Благослови меня!

— Благословение божие на тебе, Мария! — отвечал чернец.

— Ольги, матери моей, уж нет!.. — произнесла Мария, и голова ее приклонилась на руки; она заплакала.

— Дом тленный сменила Ольга на дом нерушимый, земные скорби на вечное благо.

Утолив горькое воспоминание слезами, Мария пригласила гостей в теремную свою горницу, просила их садиться.

— Кто благочестивый спутник твой? — спросила она, обращая взор на другого чернеца.

— Язычник, обращенный на путь истины, — отвечал Иларий, — да не крещен еще, будь воспреемницей ему, Мария.

— Будь воспреемницею моею, Мария! — произнес чернец, откинув с лица покров.

— Владимир! — вскричала Мария.

— Ты не забыла внука Ольгина, Мария!

— Князь Владимир!.. — повторила Мария, едва приходя в себя от неожиданности. — Бог послал тебе раскаяние... кровь Ярополка налегла на душу твою...

— Кровь Ярополка!.. — вскричал чернец. — Ярополк убит? старец правду сказал мне?.. Кто ж в Киеве?.. Кто убийца его?.. — продолжал он исступленным голосом, схватись за голову руками.

Клобук скатился с чела его, русые кудри рассыпались по плечам, лицо побледнело, очи стали неподвижны, две выкатившиеся слезы окаменели на веках, обратились в алмазы.

— Чьи дела оклеветали душу Владимира? — продолжал он, не обращая ни на что внимания. — О, узнаю я!.. повлеку его со стола Княжеского на Торжище, стану с ним рядом!.. пусть скажут люди, кто из нас Владимир!..

И чернец, признанный Владимир, в исступлении бежит к дверям...

— Владимир, Владимир! — вскрикивает Мария и невольно подбегает, удерживает его.

— Сын мой! выслушай слово мое! — говорит Иларий.

— Мария! — говорит чернец, остановись в дверях. — Владимир убил Ярополка, а я не убивал его... кто ж я?

— Воля божья покажет, кто ты, — произнес Иларий. — Ночь дана богом на покой, утро на разум, а день на дело...

Теперь ночь, куда пойдешь ты?.. возьми смирение, помолись Творцу, пошлет Он свет в напутствие тебе... Мария, мы утомились, дай нам покой.

Мария не сводила очей с Владимира, очи ее были полны слез; а он стоял погруженный в темную думу, искал в ней мыслей и не находил.

— Пойдем, отец святый, пойдем, Владимир, — сказала Мария, — я сама проведу вас в ложницу.

И она проводила их в покой Князя Светослава, в котором опочивал он некогда во время посещений бабки своей Ольги в Красном ее дворце.

Заметно содрогнулся чернец, когда вошел в ложницу Светослава. Несколько лет в ней покоилось уже запустение, измер живой воздух, резные дубовые стены почернели, на все вещи прилег мрак, золото и серебро потускнело, штоф и парча выцвели; только стекольчатые окны отразились радужными цветами, когда внесли свет в комнату, да на изразцовой пространной печи, с лежанкою, ожили причудливые изображения. У левой стены, на поставце, стояла посуда и чаши золотые; подле, на дубовом столе с витыми толстыми ножками, лежали еще: Княжеский костыль, Княжеская шапка и багряница; широкая лавка, во всю длину передней стены и перегородки, разделявшей покой надвое, покрыта была махровыми шелковыми полостями; и по ней лежали подушки с золотой бахромой и кистями; за перегородкой, по стенам, развешано было оружие, охотничьи доспехи и шкуры красных зверей, убитых рукою Светослава.

— Здесь нет Святого Лика, — сказал старец Иларий, — но бог повсюду: и в творении; и вне творения.

Сняв каптырь, он стал на колени пред окном и молился.

Мрачный спутник его прислонился к столу, обводил все предметы очами, как будто читая на всем горькую память прошедшего.

— Пора делить ночь, — сказал старец; серебряные седины его расстилались по плечам. — Молись и ты, Владимир, да будет мир в тебе и окрест тебя.

145

— Благодарствую, Отец Святый! — отвечал чернец. Старец прилег на лавку и скоро заснул.

Молодой спутник его и не думал о спокойствии; весь переселился он в глубину души; но вдруг быстро взглянул на лежавшую на столе багряницу, выложенную горностаем; кинул взор на двери, припертые железным крюком, которые видны были против отворенных дверей перегородки в другой покой; потом посмотрел на спящего крепким сном старца; сбросил с себя камилавку с покровом, сбросил черную манатью, накинул на плеча багряницу, надел Светославову Княжескую шапку с золотым венцом над собольей опушкой, взял в руки костыль Княжеский, снял меч со стены, опоясал его, тихими шагами приблизился к внутренним дверям, снял крюк, отворил скрипучую дверь... За дверью темный переход... Шарит по стене... Другие двери также приперты крюком; за дверями наружные сени с навесом; небо усеяно еще звездами... мрак на дворе теремном...

Между тем старый Ян-привратник, бывший привратником в Красном дворце Ольги с самого построения оного, помнивший все возрасты Светослава и детей его, проводив Илария и спутника его в терем, помолился снова богу и прилег на одр свой в келейке подле ворот; сон сомкнул уже очи его.

В видениях своих он исполнял ту же обязанность, как и наяву; ибо мечты его о самом себе никогда не выходили из состояния, в котором он был. И во сне слышались ему только стук в калитку да слова: "Ян, отчини!" — но во сне, по привычке, он продолжал еще отпирать ворота Ольге и Светославу и по смерти их.

На другой день Ян с радостию рассказывал всегда свой сон.

"Недаром сон видится,— говорил он,— прилетела душа старого Князя навещать Красный терем свой. Ян,— молвит,— отчини! я и отчиню да поклонюсь земно; да словно вот в очи зрю!.. веры нет, уж сон ли то?"

Мария и все окружавшие ее также часто повторяли во сне жизнь прошедшую, и они верили, по рассказам Яна, что души Ольги и Светослава навещают иногда тихую обитель Красного терема.

Мария, возвратись в свою горницу, не могла спать; она спрашивала себя, точно ли Владимира видела она? он ли под одной с ней кровлею? Все видимое казалось ей невероятным, невозможным... Зачем Владимиру прийти в терем в одежде чернеца? откуда отец Иларий?.. Это сонная греза!.. "О, я больна, больна! — произнесла она вдруг. — Голова моя кружится!.."

— Мамушка, мамушка!

— Что прикажешь, сударыня? — отвечает матушка из другого покоя. — Какая ты неспокойная!.. не вставать ли вздумала?.. рассвет не брежжит, сударыня!.. светлые гости только что започивали!..

— Гости?.. — говорит Мария, задумавшись.

И вдруг послышалось ей, кто-то стучит в двери, слышит громкие речи.

С испугом вскочила она с лавки.

— Мамушка, мамушка!.. стучат! кто там?

— Отчините, Государыня, отчините! — раздалось из-за двери.

— Ох, что еще! — произнесла старая мама, накинув на себя балахончик и отпирая двери.

Это был Ян с дворовыми людьми; на всех лицах было изумление.

— Бог свят, видел своими очами!.. — повторял Ян, входя в покои. — Сплю, а кто-то постукивает в дверь. "Отчини, Ян!" — говорит. "Кому с двора в заранье?" — думаю, да и иду с ключами... глядь, Князь Светослав в багрянице, с клюкою Княжескою, на коне! "Отчини, Ян!" — говорит. Не возмог ослушаться, отчинил... Бог свят, отчинил!

— Померещилось тебе, Ян! — произнесла Мария.

— Не померещилось, Государыня, и коня вороного в конюшне нет! — примолвил конюх. — А конюшня отворена!..

— На вороном же, на вороном! — прибавил Ян.

Ян поднял суматоху во всем Красном дворце. "Какой сон, не сон! — повторял он. — Очима зрел Князя Светослава!"

А над Киевом туча, как черная полость, завесила ясное ночное небо; вдали прокатился Перун-Трещица из края в край, засвистал вьюгою, захлестал молоньёй.

147

Шумит Днепр, ломит берега, хочет быть морем. Крутится вихрь около дупла-самогуда у Княжеских палат, на холме. Потухли Пиры, бегут Киевские люди по домам.

Над Княжеским теремом, на трубе, сел филин, застонал, обвел огненными очами по мраку, хлопнул крылом; а возле трубы сипят два голоса, сыплются речи их, стучат, как крупный град о тесовую кровлю.

Слышит их Княжеский глухонемой сторож и таит про себя, как могила:

— Чу, чу!

— Идет! чу, чу!.. Молния перерезала небо.

Скрыпнула калитка у задних ворот Княжеского терема, кто-то вышел, блеснули очи на бледном лике, блеснула светлая одежда.

Это Светославич, он идет по сходу к Днепру.

Потухла молния, исчез Светославич во мраке; прокатился грохот между берегами Днепровскими.

Вытулил филин очи, крикнул недобрым вещуном, а темные речи застукали, как град о тесовую кровлю.

— Чу, чу!.. Омут идет навстречу к нему, клокочет!.. у-у! у-у! скоро нам будет раздолье!..

Молния перерезала небо.

Всадник примчался к калитке, озарился светом лик его, блеснуло золото на багрянице.

"Калитка отперта!" — произнес он, соскочив с коня. Оставил коня на произвол, входит во двор теремной, поднимается на крыльцо, освещенное фонарями; стоящая стража из Гридней и Щитников повсюду выправляется; все пропускают его без слов.

Проходит он наружные сени, боковым ходом чрез ряды покоев приближается к ложнице Княжеской, вступает в полуотворенные двери, и первый предмет, который бросается ему в глаза — женщина под черным покрывалом; она стоит над ложем Княжеским, осветила ложе ночником, откинула покрывало другой рукою, в руке блестит нож...

Но на ложе нет никого; с ужасом отступила она от ложа,

вскрикнула, заметив перед собою человека; ночник и кинжал выпали из рук ее, без памяти грохнулась она на землю.

— Рокгильда! — раздался голос в темноте.

Молния опалила небо и землю, удар грома разразился над Днепром, близ самого терема; затрясся терем до основания.

Филин припал к кровле, стиснул огненные очи...

— Сгинул, сгинул!..— раздалось в ушах глухонемого сторожа.

Прошло время темное над Русью, настало время золотое...

И стекся народ Русский несметным числом; и Эпискуп Греческий разделил народ на многие полки и дал каждому полку имя крещеное, и погнали первый полк в воду в Днепр, и читал Эпискуп молитву, возглашая: "Крещаются рабы божий Иваны!" Потом пошел другой полк в Днепр, реку святую, и возгласил Эпискуп: "Крещаются рабы божий Васильи!" — и так крестил все полки и не велел никому нарицаться поганым именем некрещеным.

Светит Владимир Красное Солнышко над крещеною Русью; пирует Владимир, беседует с вуем Добрынею, с вящшими мужами и богатырями своими, ставит народу браные столы, дает корм солодкий и питье медвяное; обсыпает Владимир ломти хлеба вместо соли золотом, подает милостыню людям убогим...

Веселы люди, довольны; искрются у всех радостные взоры, ходят вокруг столов шуты, сопцы, скоморохи и потешники; на улицах позоры, дивовища и игрища; кипит Киев богатством и славою.

"Подай ему, боже,— возглашают люди,— подай нашему Солнцу Князю Владимиру благословение! самому ему и подружию его, чадам и подружиям чад его!.. Подай ему, боже, глубокий мир!.. Красен наш Князь взором, кроток, незлобив нравом, уветлив со всеми, суженого не пересушивает, ряженого не переряживает!"